猫とメガネ ②

ボーイミーツガールがややこしい

登場人物紹介

幾ツ谷 理《いくつや・さとる》

公認会計士。妻との離婚を引きずる40歳。メタルフレーム眼鏡を愛用。

むぎちゃ

幾ツ谷に拾われた茶トラ猫。
国宝級に可愛い。

橋田 智紀《はしだ・とものり》
美村 紀宵《みむら・きよい》

通称トモとキヨ。
同じ部屋に住み、ふたりで
特殊清掃業を営んでいる。

弓削《ゆげ》 洋《ひろ》

蔦屋敷の現オーナー。離島育ちで大らかな19歳の美大生。

神鳴《かんなり》 シズカ《しずか》

行動経済学が専門の准教授、40歳。
幾ツ谷に厳しく洋には甘い。
黒縁眼鏡を愛用。

神鳴《かんなり》 弥生《やよい》

幾ツ谷の伯母で蔦屋敷の先代オーナー。故人。

英《はなぶさ》 紙糸子《ししこ》

人気小説家。
年齢不詳。

1

おでんとは、なにか。

師走《しわす》も間近、だいぶ冷え込んできた。ウールの靴下の踵《かかと》がすり減ってて、そこだけフローリングをひんやり感じる。スリッパが欲しいなあと思う。猫の肉球柄のとか。

日曜日、母屋のダイニングキッチンは、ほこほこと温かい湯気が漂っている。

冬の明るい日射しが差し込む午前十一時。シェアハウス蔦屋敷《つたやしき》では、休日の朝食は出ない。そのかわりブランチが供される場合があり、今日の献立はおでんである。食卓の中央に、年季の入った土鍋がデンと鎮座しているのだ。おでんだけに。

そう、おでん。おでんとはなにか？

「でん」を丁寧にして「御でん」？　だとしても「でん」ってなに？

出し抜けに浮かんだ疑問に、俺の箸が止まる。正しくは菜箸が、しみしみ大根の手前でピタリと止まったのだ。

頭の中に『?』が発生すると、身体の動きがしばし停止する……どうやら俺はそういう仕様になっているらしい。八歳の頃、祖母と散歩中にアリの行列を見つけてピタリと止まり、蹲《うずくま》ってアリを凝視したまま、数分間動かなくなったそうだ。おそらく『なぜアリは列をなして進むのか?』という疑問で頭がいっぱいになったからである。保護者からすると困った癖だと思うのだが、なにぶん祖父母は俺を溺愛していたので『すばらしい集中力でアリの観察をしていた』という孫自慢逸話となった。俺の自己肯定感はこうして高められていったわけだ。はたから見れば親馬鹿ならぬ祖父母馬鹿だったろうが、そんなふたりが俺は大好きだった。……あ、まだ健在である。

で、おでんだ。

立派な大人に成長した今、俺の思考時静止癖はだいぶ緩和された。大根手前で菜箸が止まっていたのはほんの二、三秒だったはずだが、それに気づいた神経質な奴がいる。

「なに。大根がどうかしたわけ?」

「……なんでもない」

「食べないなら無闇に触るなよ?　しみしみ大根が崩れて汁が汚れる」

「うるさいなぁ。食うよ」

「いや、待て。あんた大根いくつ食べた?　それ、僕の大根なんじゃない?」

「は?　大根に名前でも書いてあるのか」

「あるよ」

きっぱりと返され、俺は思わず神鳴《かんなり》の顔をまじまじと見てしまった。黒縁のウェリントン眼鏡が似合う（と評する人が多い傾向があるだけで、俺は賛同しない）、若見えするがしっかりオッサン、俺と同い年の四十歳。

「適当なことを言うな。どうやって大根に名前を書くっていうんだ」

「書いてあるとは言ってない。刻んだんだ。その大根をひっくり返してみなよ。そうっとね？　汁を汚すなよ」

「うるさいっての。俺だって、おでんの汁はどこまでも透明派《クリア》だ！」

そう言いながら、俺は菜箸を慎重に操り、大きなしみしみ大根をひっくり返す。

慎重になるあまり鍋を覗き込んだので、眼鏡のレンズが曇ってしまった。そういえば曇り止めスプレーをしていない。ちなみに俺はメタルフレーム愛好家である。

曇りが去るのをしばし待ち、改めて大根を凝視する。すると、表面になにやら刻まれているのが見えた。……なんだこれ？

「Kって入ってるだろ。神鳴のKだ」

おでん鍋から漂う湯気の向こうから、自慢げな声がした。

アホか。

アホなのかこいつ。

「今日は僕が大根の面取りと下茹でを担当したからね。一番美味しそうなのにKと入れておいた。従って、それは僕の大根だ」

「呆《あき》れてモノも言えない」

「なら黙ってろ。僕の大根は返してもらう」

「俺だって大根は好きなんだ！」

「あんたはもう規定量を食っただろ！　大根はあるだけ食べる！」

「勝手に規定量を定めるな！」

「傍若無人にもほどがあるだろ！」

まあまあまあ……と割って入ったのは紙糸子《ししこ》さんだった。

「先生もりっちゃんも、小学生じゃないんだからさあ」

先生、というのは神鳴を意味している。大学教員だからだ。そしてりっちゃん、は俺である。幾ツ谷《いくつや》理《さとる》の『理』を音読みした愛称だが、かつては祖父母と元妻しか使わなかった。それがなぜかここでは多用されている。当初は違和感があったのに、もはや呼ばれ慣れてきている自分にびっくりだ。

「大丈夫だよ、大根ならたしか、もっと下のほうに……」

そう言いながら、紙糸子さんが自分の箸をおでん鍋に突っ込もうとした瞬間、俺と神鳴は同時に、

「「アーッ！」」

と上擦り気味の悲鳴を上げた。驚いた紙糸子さんがビクリと箸を引き、流し台の前にいた洋《ひろ》は勢いよく振り返り、部屋の隅でへそ天していたむぎちゃが飛び起きてしまう。ちなみに洋は人で、むぎちゃは猫だ。猫と書いて天使と読んでもいい。

「「し、紙糸子さん、すみません、箸……」」

同じセリフを言う俺と神鳴を見て、紙糸子さんは「おお、そうだった」と自分の箸を置いてくれる。

「おたくら、直箸《じかばし》恐怖症《フォビア》だったたね」

そうなのである。俺はひとつの鍋やひとつの皿に、複数の人間が自分の箸を突っ込むスタイルがだめなのだ。どうしても苦手なのだ。だって唾液が……口の中には四百種以上の細菌が存在しているわけで……あぁ、想像しただけで背中がゾワワとする。神鳴も同じタイプであり、紙糸子さんからすれば『めんどくさいやつら』だろう。

「そもそも、おでん以外の鍋物だと、専用小鍋じゃないとダメなほどだもんね」

「「はい、そうなんです……」」

「ハモってる。仲いいなあ」

「「よくないです」」

「あはははは、漫才か。ねー、洋？」

やたらウケている紙糸子さんに聞かれ、キッチンに立っている洋が振り返って「ほうですなぁ」とにこにこ頷く。

「本当《げに》、似とりますなあ、おふたりは」

「ねー。キャラ被りすぎ案件だわー。小説だったら統合されちゃってるよ、おたくら。眼鏡で神経質で理屈屋で猫好きとか、ふたりもいらないもん」

いらないと言われても、俺たちはすでに存在しているのだから困る……。俺と神鳴は一瞬目を合わせ、すぐに逸らして「「似てませんよ」」とまたしても同時発言をしてしまった。なんたることか。

「違うところもたくさんあります」

俺の反論に、神鳴も「そうです」と加わってくる。

「たまたま、印象に強く残りやすい部分がいくつか共通しているだけなんです。今の場合だと、直箸が苦手という部分。ここだけを利用し、直感的に判断してしまう……これは利用可能性ヒューリスティックといいます。この誤謬《ごびゅう》に陥るのは紙糸子さんだけではありません。人は統計的事実より、感情や印象で物事を判断してしまいがちなんです」

ほお、と紙糸子さんがやや首を傾げた。

神鳴の専門は行動経済学であり、しばしば専門用語を繰り出しては俺を苛《いら》つかせるのだが、今この場では役に立っている。俺は「確かに」と頷く。

「生活の中では、直感を優先させて判断するのが普通です。理性というＯＳは重くて、起動に時間がかかりますからね。だから洋や紙糸子さんがつい、俺たちを『似てる』と判断するのは仕方ないとは言えるものの、事実ではないかと」

紙糸子さんはふむふむと頷き、「そうねー、ま、似てないとこもきっとあるよねぇ」と言ってくれた。よかった、わかってもらえたらしい。

「たとえば、どこ？」

続いた質問に、俺と神鳴は「「え」」と同じ反応をしてしまう。

「ふたりのさ、ぜんぜん違うよなー、ってとこ、どこ？」

「………イケメン度？」

そう答えたのは神鳴だ。

「アホか。顔はどうでもいい。紙糸子さんは性格的に違うところを聞いているんだ」

「うるさいな。わかってるよ。ちょっとお茶目を言っただけだろ」

「四十のオッサンがお茶目でどうする」

「そういうエイジハラスメントはやめろ。だいたいあんたも同い年でしょうが。それより、僕たちの相違点だよ。えー……あー……」

論理的思考を好む、部屋が本だらけ、インドア派、変なとこだけ潔癖、猫至上主義、まんじゅうは絶対こしあん、ニットトランクス派……。

おかしいな……似ているところは思いつくのだが、違うところとなると……。

「僕はりっちゃんより、人のことを思いやりますよ？」

「おまえなんてこと言うの？」

「妻に三行半《みくだりはん》を叩きつけられたりしてないし」

「……おま……な………」

「いやいや先生、その発言、りっちゃんをぜんぜん思いやってない」

紙糸子さんに指摘され、神鳴は「あれ？」と首を傾げる。このやろう……人の傷口を無遠慮にパカパカ開きやがって……思いやりのカケラもないだろうが……！

「はいはい、大根の追加ありますよ〜」

洋が片手鍋を手にテーブルに戻ってきて、しみしみ大根を土鍋に移す。追加分のおでん種はちゃんと確保してあったようだ。洋も座り、食卓に四人が落ち着いた。

神鳴シズカ。大学准教授、四十歳。

英《はなぶさ》紙糸子。小説家、年齢不詳、たぶん五十代前半……？

弓削《ゆげ》洋。蔦屋敷の大家さんで美大生、十九歳。

そして俺、幾ツ谷理。公認会計士、いつのまにやら四十歳、である。

この四人は家族ではない。俺と洋は遠い親戚で血縁もあるが、長らくお互いの存在すら知らないままで、初対面はほんの半年前だった。

『気は優しくて力持ち』を絵に描いたような洋は、俺の伯母である神鳴弥生《やよい》の遺言により、『蔦屋敷』の権利を引き継いだ。蔦の蔓延《はびこ》るクラシカルな外観を持つ、二階建てのシェアハウスだ。そして今俺たちがおでん鍋を囲んでいるのは、古いが手入れされた日本家屋の母屋。以上すべての土地と家屋の所有権が洋に相続されたのである。

まだ若い洋の後見人的な位置づけにあるのが神鳴だ。これも伯母の遺言による。

なんとこいつは、伯母の配偶者、つまり夫だった。年の差四十歳以上、この結婚の背景には諸々の事情があったようだが——まあそこは、俺が首を突っ込むところではない。財産目当てかと思いきや、神鳴は伯母の遺産をなにも引き継がなかった。

紙糸子さんは蔦屋敷の住人だ。赤いフレームの眼鏡がしっくり似合う彼女は、締切前になると、深夜に奇声を発する癖がある。俺も最初はかなりびっくりしたが、人間の適応力とはおそろしいものだ。最近はその声にふと目覚めても「紙糸子さんがんばれぇ」と思ってまた眠る。蔦屋敷の家電や備品が壊れると、惜しげもなく最新式を買ってくれる重要人物でもある。

ほかにちょっと変わった職業の若者ふたりが住んでいて、今は仕事に出ている。

その若者ふたり、紙糸子さん、神鳴、俺、以上五人が蔦屋敷の住人だ。洋は大家なので、母屋を使っている。

さらに猫が一匹。俺が拾ってきたむぎちゃだ。

輝く茶トラの毛並みは、左前脚の先だけ白いのがチャームポイント、いわばかたっぽソックス、それだけですでに国宝級、瞳は緑の強いヘーゼル、きゅるんと見上げておやつをねだる顔は世界遺産、夏の終わりには死にかけのセミをプレゼントしてくれたりもした。ムシ系全般苦手な俺は、泣きそうになりながらありがたく頂戴したものだ。

そんなむぎちゃの姿が見えない……と思ったら、洋の背中をよじよじと登っているところだった。母屋で過ごすことも多いので、俺より洋に懐《なつ》いているという悲しい現実がある。しかも頼りがいのある背中なので、登りやすそうだ……。

「ところで先生、原稿進んでる？」

紙糸子さんが神鳴に聞いた。

「八割がた終わりましたよ」

「うそ。憎い……」

「一般向けの講演内容をまとめただけの、軽い本ですから。書き起こしはライターさんがしてくれてるし」

「ますます憎い……しかも先生の本わりと売れるらしいじゃん……闇の力で原稿データを消去してやりたい……ＰＣのもクラウドのも……」

自分の原稿の進捗がよくないのだろう、紙糸子さんの顔はわりと真剣だった。神鳴は近くビジネスパーソン向けの本を刊行する予定なのだ。生意気にも二冊目だという。

「ほうや、こないだ、先生にアレのデザインを見してもろたんです。えーと、どう言うたかいの、本の下のほうに巻いとるアレ……」

考え込む洋に紙糸子さんが「帯《おび》ね」と教える。

「あ、それです。オビ。先生の顔がおおきゅう載ってて、かっこええんです！」

へえ。ふうん。そお。

自分の本の帯に自分の顔写真ね……いいんじゃないの、べつに。著者が多少イケメンだからって、それを売りにするわけね。ハイハイ、よくあるマーケ戦略ですよね。内容は二の次なんですかね。まあべつに、俺には関係ないし？

「顔出しかー。勇気あるよねー」

メディアには顔出ししない紙糸子さんが言うと「使えるモンは著者でも使え、ってことですよ」と神鳴が苦笑した。

「まー、編集者としては使いたくなるだろうねえ、先生の顔なら……。行動経済学って一般の人にとっても面白い学問だし、新刊も売れるんじゃない？」

「一冊目より多少増えるようだけど、たいした部数じゃないです。紙糸子さんの本に比べたら、雀の涙程度ですよきっと」

「いやいや、私の本より売れてたら、本気でデータ消してやるし？」

今度はニッコリと言う。笑っているほうが本気度が高そう……などと思っていたら、

「で、りっちゃんは大根を見つめてなに考えてたの？」

紙糸子さんは俺に矛先《ほこさき》を変えた。えっ、話そこに戻るの？　もういいじゃん……と思ったのだが、このあいだ紙糸子さんの出資で、むぎちゃのために立派な爪とぎタワーを導入してもらったばかりである。スルーできるはずもない。

「大根というか……おでん、ってなんだろうと思って」

俺の言葉に、全員がキョトンとした。

紙糸子さんの顔には「いきなり哲学？」と書いてあり、神鳴は「おでんはおでんだろうが」と眉を寄せ、洋は純粋にキョトンとしている。がっしりしたその肩に辿り着いたむぎちゃが「ニュッ」と可愛く鳴いた。

「いや、その……名称がふと気になったんです。鍋に出汁《だし》を入れ、練り物などを煮て食べるこの食べものを、なんで『おでん』と呼ぶのかなと」

詳しく説明すると、洋が「はぁ、なるほど」と返しつつ、首を傾げる。肩の上でむぎちゃも同じように首を傾げるのが、猛烈に可愛い。

「おでんって、関東炊《かんとうだ》きとも言うよね」

そう発したのは神鳴だ。

「あ、俺もそれは聞いたことがある。……ってことは、関西のおでんは違うのか？」

「そういや、名古屋のおでんは味噌ベースだった。学会に行った時食べたんだけど」

「名古屋はすべてを味噌味にしがちだよな。味、どうだった？」

「見た目ほどは濃くなくて、なかなか美味しかったよ。汁に味噌が溶かしてあるパターンだったけど、あとから味噌ダレをつける食べ方もあるらしい」

ほうですなあ、と洋が頷いた。

「味噌ダレはおでんに合いますよって」

「え、洋の地元でも、おでんに味噌つける？」

俺が聞くと、「みがらしをつけますなあ」と答える。

「みがらし？」

「ほうです。辛子入りの酢味噌、いうたらええかの……？　麦味噌でこしらえますよって、わりと甘みもあって……まあ、家によって味が少しずつ違《ちご》てきます。そもそもおでん出汁も、こっちより甘みがありますなあ」

「へえ、酢味噌……俺は東京のおでんしか知らないから、不思議な感じだ」

「洋は僕たちに合わせて、弥生さんレシピで関東風おでんを作ってくれてるんだぞ。いつもありがとう、洋」

「なんちゃあないです。わぇはどっちも好きですし」

「ふむ。実に日本の食文化は多様だな、神鳴」

「そうだけど、なんでりっちゃんがドヤ顔するわけ？」

「人の顔に文句をつけるな。……そういえば、大手コンビニチェーンでは地域ごとにおでん出汁を変えているらしいぞ。以前監査を担当した流通系企業の役員から聞いたんだ。消費者が地元の味を好むことに着目したわけだが、全国展開しているコンビニならではだな。今やコンビニのＰＢ《プライベートブランド》はすっかり定着したが、その原点はおにぎりとおでんだった。地域シェア率を高めるドミナント戦略が徹底していたから、鮮度管理でも有利だったんだろう。コロナ禍ではレジ横のおでんを休止した店舗もあったようだが、おうちごはん需要でパック入りのおでん商品は増え、売れ行きもいいらしい」

「ほおぉ、幾ツ谷さんはいろいろご存じですなあ」

洋が感心してくれたので、俺のドヤ顔度はますますアップしたことだろう。

チラリと横の神鳴を見ると、不服そうに俺を見返し「コンビニといえば」と、ウェリントン眼鏡をカチャリと上げた。

「あのコンパクトな店舗の中には、行動経済学に基づいた工夫がかなり見受けられる。たとえばレジ前の床に線が書いてあることがあるでしょ？　とくになんの説明もなく、線だけがある。でもそうするとレジが混雑している時、人はその線に沿って並ぶんだ。あるいは、線ではなく足形のイラスト。それが一定の距離を置いて描いてあると、人は自然とその足形の位置に立つ。これは行動経済学ではナッジと呼ばれていて、もともと『肘で軽くつつく』という意味ね。あくまでさりげない提案であり、押しつけ感がない。

また、コンビニではもっとも売りたい商品を一番手に取りやすい位置……つまり、棚の中央で、手の届きやすい高さに配置する。この誘導もナッジといえるんだ」

「ほおぉ、確かにどのコンビニもそうなっとりますなあ！　うわあ、ぜんぜん気づかんかった〜」

素直で優しい洋の反応に、神鳴が俺を横目で見てフフンという顔をする。つくづく感じの悪い奴め……大学准教授というステイタスを鼻にかけ、なにかというとこの手のマウントを取ってきやがる。

「ほんで、おでんは？」

洋はニコニコとおおらかな笑みを浮かべ、俺と神鳴を見て言った。俺たちはまたしても同時に「「え？」」と返す。

「最初の話です。おでんは、どうしておでん言うがやろ？」

「……えーと」

俺はなんとなく、神鳴を見た。

神鳴も俺を見てフルフルと首を横に振った。なんだよ、知らないのかよ、准教授のくせに。いや俺も知らないんだけど…………。

「おでんさん……という人が、発明した料理……？」

「おでんさんですか。なるほど〜」

「いや待って、ごめん、適当に言った。ええと、そうだ、ＣｈａｔＧＰＴに聞けばいいんだよ、こういう時は！」

「田楽《でんがく》じゃない？」

取り皿ににゅるーんと和辛子を出しながら、紙糸子さんが言った。

「田楽？　豆腐とかこんにゃくに味噌つけて食べるやつですか？」

俺が聞き返すと「それそれ」と和辛子チューブのキャップを閉める。

「おでん、でんがく……音が似てるでしょ？　それにさ、田楽は豆腐やこんにゃくだけじゃないよね。ナスとか里芋とか、要は串に刺して味噌つけたら田楽じゃない？　で、それを煮物にしたら……つまり炊いたら、関東炊き。イコールおでん」

俺の隣で神鳴がスマホを弄《いじ》り、ややあって「うわ、あたりだ」と呟いた。洋がまたしても「ほおぉ」と感心しきりになる。

「紙糸子さん、そん由来、知っとったんですか？」

「ううん。知らない。語感から推理してみただけ」

紙糸子さんはそう答えたが、俺は「またまたぁ」とちょっと笑う。

「知ってたんでしょう？　さすが作家、雑学に強い」

「いや、ほんと知らなかったよ。今のところ『華麗なるおでん探偵　誰がちくわぶを殺したか』みたいな話は書いてないし」

「紙糸子さん、この公認会計士は疑り深いんですよ。僕は信じます」

「おい、なんで俺だけ悪者にする」

「信じてはいますが……とはいえ推理でこの正解に辿り着くには、いささか判断材料が少なすぎるような……」

「おまえだって信じてないじゃないか！」

「なによー、先生も私を疑ってんのかー。でもさあ、チビ太のおでんを思い浮かべたら推察できちゃったんだよ。あのおでん、串に刺してあるでしょ？　ってことは、昔のおでんって串に刺すのが基本なのかなと。そしたら、あ、田楽に似てるなーって」

「『チビ太って誰です？』」

俺と神鳴がユニゾンすると「チッ、若造が」と紙糸子さんが口を曲げる。

「いや、全然若くなかったか。むしろ本物の若い子なら、『おそ松さん』のほうでチビ太知ってるもんね。精神年齢がアレなだけの四十歳ふたりは、赤塚《あかつか》大先生を通っていないんだな。てやんでぇバーローチクショー」

なにやら紙糸子さんの口が悪いが、内容が意味不明だ。精神年齢がアレなだけの四十歳というところにもちょっぴり傷つく俺ではあるが、自分の精神年齢が多少アレな自覚はあったりするので、なにも言い返せない。そのせいで元妻には見限られ、住む家をなくして彷徨《さまよ》い、流れ流れて蔦屋敷まで辿り着いたのだ。

「あ、チビ太ってこれか。見たことある……」

呟いた神鳴のスマホを俺も覗き込む。ふーん、マンガなのか。いやアニメ？　見覚えはあるが、知らないキャラだった。俺はテレビも見ずにせっせと勉強するタイプの子供だったし。神鳴は引き続き検索しながら、「なーるほど……煮込みおでん以前に、串で刺すスタイルの田楽があったわけか……」などとぶつぶつ言っている。

「となると……そもそも、串で刺すスタイルをどうして田楽というのか……新たな疑問が出てくるなあ……」

「そりゃ田楽舞いからきてるんだよ」

神鳴の疑問に、あっさりと紙糸子さんが回答した。

「田楽舞いってのは、田植えの時に民衆がする踊りね。むかーしからあった、五穀豊穣を祈るやつ。その中で、一本の棒に乗って跳ねる踊りがあるの。片方だけの竹馬みたいなイメージかな」

紙糸子さんはおでん鍋からちくわを取りつつ、解説する。

洋は「ほぉぉ」と感心した。神鳴もスマホを置くと、イニシャル入りの大根を食べつつ紙糸子さんの解説に耳を傾けている。俺も改めてしみしみ大根をひとつ取り、すぐに食べたいところだがしばし我慢だ。以前、おでんの大根で口の中を火傷したことがあるからである。

「その踊りを『高足《たかあし》』っていうんだって。その舞いが、串で刺す動きを連想させるらしいんだよね」

そう、大根は危険なのである。

あの時は杏樹《あんじゅ》が……かつての妻が、「おでん熱いうちにどうぞ～」と勧めてきたんだっけ。まだ新婚だったので、俺の判断力もいささか鈍っており、ついアツアツ大根を口に入れ大騒ぎに……杏樹はとても心配して、何度も「ごめんね、りっちゃんごめんね」と謝ってくれて……ああ、だめだ。再生中止再生中止！

「で、豆腐やらを串刺しにして味噌をつける料理が『田楽』になった、と」

杏樹のことを思い出してもつらくなるだけだ。というかすでにつらい。猫……猫を撫でたい。猫で心の傷を癒さないと……。けれどむぎちゃは洋の肩に……あれ、いなくなっている。いつのまにか紙糸子さんの膝上に移動していた。どうして俺の膝には来てくれないのか……。

「紙糸子さんは、ほんまにようものを知っとられますねえ」

「いやいや、たまたま。なにかを検索してたら、なぜか田楽に辿り着いちゃったんだよねー。べつにおでんの歴史を調べてたわけじゃなくて、うーん、なんだったっけ……」

紙糸子さんは唸りながら悩み、俺がようやく冷めてきた大根に辛子を少しぬり、ハグッと食べたタイミングで「あ、そか」と思い出した。

「殺せるかなって！」

「げふっ⁉　かはっ、けほっけほっけほっ……」

たちまち、俺は噎《む》せた。気管を攻撃するのはしみしみ大根だけではない。むしろ辛子の刺激がより俺を苦しめる。洋がすぐに渡してくれた冷たいお茶で、なんとか激しい咳き込みは収まったものの、危うく大根で死ぬところだ。隣の神鳴はといえば、身体を俺からうんと引いて迷惑そうな顔をしている。そりゃまあ、多少唾液も飛んだだろうけど……本当に感じの悪い奴だな……。

「紙糸子さん、むしろ今、りっちゃんを殺せそうでしたよ？　それって小説のネタのことですよね？」

神鳴の問いに、紙糸子さんは俺に「すまーん」とものすごくライトに謝ったあと、

「そうそう。しっくりくる凶器を探して検索しまくってたの」

と答える。しっくりくる凶器……通常なかなか聞かない言葉だ。紙糸子さんは多岐にわたるジャンルで活躍している小説家だが、一番知られているのはミステリのシリーズである。

「よりによって、五穀豊穣を祈るためのものを凶器に？」

笑いながら尋ねる神鳴に対し、紙糸子さんはいたって真面目な顔で「そういうギャップこそが必要なんだよ」と返した。

「ポジティブの中のネガティブ、陽の中の陰、おでんには辛子。物語にはコントラストが要るわけ。でもまあ結局、『高足』は凶器には使わなかったけど。知ってる人少ないだろうから、イメージが浮かびにくいかなって……。マンガだったら絵で説明できるけど、小説は文字だけだからね」

「けほ……ミステリ書くのも、大変ですね……げほっ……」

ようやく呼吸が整ってきた俺が言うと「そうなんよー」としみじみ頷く。

「なに書くのも大変だけど、殺人事件のネタはだいぶ尽きてきたよね……それこそ、生成系ＡＩに考えてもらいたいと思ったり……でもそれやっちゃうと、作家の存在意義が危ういものになるしなぁ。とはいえこっちは人間だから限界があるわけよ。このあいだ数えてみたらさ、私ときたら、もう八十七人も殺してんだよ？」

「けほっ……殺しまくってますね」

「しかも創意工夫をこらして八十七人よ？　ミステリのシリーズだけで三本あるもん。猟奇殺人だの連続殺人だの起きると、一冊あたりで数人死んじゃう。名前考えて、容姿考えて、口癖考えて、でもみんな死んでしまう……くうっ……」

紙糸子さんが涙目になったのは、自分が生み出し、そして殺した人たちへの悔恨が溢れ出したから……ではなく、ちくわに辛子をつけすぎたのである。和辛子はほんとにパンチが強い。

「紙糸子さんはそげなお話ようけ書いとって、怖いことないんですか……？」

洋が質問すると、涙をふきつつ「それはないかな」と答える。

「あくまでフィクションだから。締切のほうが怖い」

「ほぉ。そがいなもんですか……わぇやったら、おとろしい夢やら見そうです」

「洋、安心していい。現実世界では、そうそう殺人事件は起きないものだよ」

洋に対しては、優しい声音を惜しまない神鳴が言った。

「けど先生、最近は怖い事件をニュースでようけ聞きよるし……」

「ひとつの事件でも、殺人ともなると繰り返し報道されるからね。その事件がショッキングであるほど、印象としては強く残る。でも、印象の強さと実際の事件数はべつの話。統計的にはこの十年、凶悪事件数はほぼ横ばいのはずだ」

「ほうですか……ほうですよね。殺人事件やら、めったに起きやせんですよねぇ」

そうだよ、と俺も同意する。

「紙糸子さんの小説じゃあるまいし、殺人事件だの死体発見だの、そうそうあってたまるもんか」

「ですよねえ。わぇはどうも臆病でいけんです。……あ、いま炊飯器、ピー言うたやろか？　炊き込みご飯できよったかいな」

洋に笑顔が戻り、俺たちも安心する。

今日は茸《きのこ》の炊き込みご飯と聞いている。俺は基本的におかずとごはんを混ぜて食べるのが苦手だ。カレーとライスはできれば別盛りにしてほしいし、一緒に盛られてる場合も境界線は明確にしてほしい。ルーをごはん全体にかける、というのは俺にとって暴挙にほかならない。まして、カレーとごはんをぐちゃぐちゃに混ぜて食べるなど言語道断、混ぜるなキケンなのである。

だが、最初から混ざっている炊き込みご飯は好物だ。

理屈に合わないと責めないでいただきたい。予《あらかじ》め混ざった上で加熱調理してあれば、それはすでに一体となった料理として認識される。俺の脳はそういう認識をするのだから仕方ない。

……そういえば、神鳴も似たような理屈をこねていたが……いやいや、たまたまだ。決して似ているわけではない。

洋がパカリと炊飯器を開け、炊き込みご飯の香りが届く。

しゃもじが今まさに入ろうとした時、着信音が響いた。洋がエプロンのポケットからスマホを取り出し「あ、トモ兄ィ」と呟く。

蔦屋敷の店子《たなこ》で一番若い智紀《とものり》からのようだ。メッセージではなく電話ということは、急用だろうか。

もしもし、と洋が応答する。

独特の抑揚で何度か「はい」と「はい?」が繰り返されたのち、洋がぱちぱちと瞬きをする。そして、

「……死体発見?」

しゃもじを片手に、確かにそう言った。

2

「えっ！　殺人事件だったんですか⁉」

泉沢《いずみさわ》が大きく目を見開く。まつげがすごくきれいにカールしてるが、これは生まれつきなのだろうか……そんなことを思いながら、俺はウーロン茶の入っていたペットボトルをペコリと鳴らして「まさか」と返す。

「事故だよ、事故。階段から落ちて亡くなったみたいだ。ご高齢だったからね」

「つまり、そのご遺体を、清掃業者の方が見つけた……？」

「そういうこと。彼ら、ご近所の高齢者宅におそうじサービスを提供しててね。そのおばあちゃんのお宅も、月に一度訪問していたんだ」

呼び鈴を鳴らしても返事がなく、玄関の鍵は開いていたそうだ。具合でも悪いのかと心配になり、声をかけつつ中に入ってみると——おばあちゃんが階段の下で倒れていた。すでに呼吸も脈もなかったという。

発見したのは、橋田《はしだ》智紀《とものり》と美村《みむら》紀《き》宵《よい》。

彼らも蔦屋敷の住人で、広めの1DK部屋に同居している。

「びっくりしたでしょうね……」

「だろうね。しかも、どこからかギャーッって叫び声が聞こえてきて」

「えっ」

「鳥だったんだけどな。そのおばあちゃんが飼ってた……えーと、オカメインコ？」

ああ、と泉沢は納得顔で「オカメ、なかなかの声量ですから」と深く頷いた。子供の頃、実家で飼っていたそうだ。

「彼らは特殊清掃が本業なんだよ。ご近所のおそうじサービスは、ほとんどボランティア活動みたいなもので」

「特殊清掃……独居の方が亡くなった部屋などを清掃するプロですよね」

「そう。つまり、死体のあった部屋にはある程度慣れているんだろうけど……」

目の前に死体があるという状況には、さすがに仰天したらしい。とくにトモは慌ててしまい、119と110のどちらに電話すべきかパニクった……と本人が語っていた。一方でキヨは落ち着いており、どっちにかけても大丈夫だと教えたという。結局、119に通報したあと、洋にも連絡したわけだ。洋もまた、このおばあちゃんと懇意にしていたからである。

「それにしてもお気の毒です。足を滑らせたんでしょうか……」

しょんぼりと言う泉沢美晴《みはる》は、俺の所属する公認会計事務所の新人だ。

以前、使えない部下である武田《たけだ》という男が俺の陰口をたたいていた時、泉沢は俺を「クールで素敵」「眼鏡イケオジ」などと評してくれていた。したがって、俺の心証はとてもよい。実際、泉沢は頭の回転がよく、仕事は丁寧、しかも社交的で場を明るくするため、彼女をアサインしたがっているチームは多い。会計監査の仕事は基本チーム制なので、成果はメンバー次第である。

「それがこのあいだの日曜の話で、今夜がお通夜なんだよ。俺も面識のある人だったから、お焼香しようと思っている。ここを五時には出ないと……」

「はい、十分です。すみません、急にお呼び立てして」

「きみが謝らなくてもいい。悪いのは腹を下した武田だ」

「武田さん、学生たちに熱く語るぞ、って張り切ってたんですが……牡蠣《かき》鍋で大中《おおあ》たりしてしまったらしくて。あ、幾ツ谷さん、ドリンクのおかわりありますよ。ウーロン茶でいいですか？」

俺が「うん」と返すと、泉沢はテーブルから小振りのペットボトルを取ってくれる。

『起業家マインド育成交流会』――ソフトドリンクと軽食の並ぶ会場は、泉沢の母校の小ホールだ。大学のキャリアセンターが主催している企画で、若者の起業を支援する取り組みのひとつである。

起業に興味のある大学生に向けたイベントで、若い起業家たちや、彼らに出資する側のＶＣ《ベンチャーキャピタル》がスピーチや対談をしていた。起業には実務的な会計知識も必要ということで、本来なら武田が登壇するはずだったが、今頃はトイレの住人である。泉沢はこの大学の出身者として、イベントに企画段階から参加していたものの、スピーチするには経験が浅すぎる……というわけで、たまたまスケジュールの空いていた俺が頼み込まれた。

「幾ツ谷さん、今日は本当に助かりました」

泉沢は緑茶のペットボトルを両手で持ったまま、きちんと頭を下げた。イベントプログラムは一通り終わり、会場は歓談の場となっている。

「私はまだスタートアップ事業に関わったことはありませんし、武田さんよりさらに経験を積んだ先輩に来ていただけて、後輩たちも勉強になったはずです」

「だといいが……どっちかというと、若者の夢をバキバキに折りまくったかもな」

若き起業成功者たちによる夢に溢れたスピーチの中、まったく若くない俺が、まったく夢のない、世知辛《せちがら》いばかりの金の話をしたわけだ。だが現実として、スタートアップの四件に三件は失敗に終わるという報告もある。

「現実を知っておくのは大事だと思います。若い世代の起業はもっと促進されるべきですが、リスクを知らないまま始めるのはただの無謀ですから」

泉沢の言うとおりである。そしてまつげが本当にクルンとしている。

横顔だとカールがとてもよくわかる。顔のパーツの中、まつげの存在はかなり大きい。

以前妻が……いや、元妻が「まつパしてきたのに、気づいてないし～」とちょっとすねたことがあった。なんの話かと思えば、まつげにパーマをかけたと聞いてびっくりしたのだ。まつげにパーマをかける必要性が、俺にはまったく理解できなかった。結構な施術料がかかる上に、薬液でかぶれるなど、目にとってのリスクまである。そんなリスクを取ってなお、パーマのかかる範囲はごく小さい。目の幅だけだ。強い近視の俺など、元妻のまつげが変化したところで気がつくはずもない。

なんの意味があるのかと、本当に不思議だった。

だから妻に……じゃなくて元妻に、正直にそう告げた。すると、つ……元妻は「そっか」と小首を傾げ、その話は終わりになった。

思い返すにつけ、びっくりだ、ほんとに。

当時の自分の馬鹿さ加減に驚愕《きょうがく》である。どうしてわからなかったのだろう。まつげ、クルンとしていたらきれいじゃないか。いや、真っ直ぐスッと伸びててもいいんだろうし、そのへんは個人の好みなんだろうけど、でも俺はクルンとしてるといいなあ、と思うほうらしい。

言えばよかった。

まつげ、いいなって。クルンとしてていいな、って。

「あ、ゼミの後輩がいました。ちょっと挨拶してきますね」

俺が頷くと泉沢は一礼し、その場を離れて行く。

ひとりになって腕時計を見ると、もうすぐ四時半だ。少し早いが、そろそろ出てもいいだろう。若くキラキラした起業家の周りには学生たちが群がっているが、俺のように無愛想な眼鏡オッサンのところに話を聞きに来る者はいないわけで、ならばここにいる意味はない。

「アントレプレナーを目指す以上、新資本主義というものについて敏感でいるべきだと思うんだよね。時代変化の速度についていかないと」

「先輩のところ、ミドルステージに入ってうまくいってるらしい。大手ＶＣにかなり投資してもらってるらしくてさ。俺は一応担保あるからデットファイナンス考えてたんだけど、やっぱエクイティのほうが……」

「何度もピッチ作り直したんだけど、情報詰め込みすぎって言われるんだよ。数字は最低限にして、インパクトを強くしろって。思わず資金を出したくなるような熱を感じさせろとか……」

「モテるかな……起業家ならモテるかな……」

会場にいると学生たちの様々な声が耳に入ってくる。俺もかつてはこうして夢を見たものだ……と回顧したいところだが、まったくタイプが違ったので共感できない。

若いうちに起業し、社会にイノベーションをもたらし、大金を手にし、それを次の事業にあてさらなる変革を……という野望は世の中に必要だし、若い力に期待もしている。だが、全員がそれを目指す必要もないわけで、俺のようにコツコツ勉強して資格を取り、地道に働くのもまた人生である。

さて、ここを出たら、ネクタイを黒に変えないとな。

などと思いつつ、歩き出そうとした矢先、あるものが目にとまった。

床に落ちていたペンだ。ボールペンだろうか。軸はやや太めでパステルイエロー、頭の部分には……おや……あれは……。

俺はペンを拾った。

ペン軸の頭の部分にマスコットがついている。齧《かじ》りかけのあんパンを模していて、中からはあんのふりをした黒猫が顔を出しているのだ。

「これは……『にゃパン』シリーズ……」

ぼそりと呟き、頬が緩む。おっとここは公の場だった。慌てて顔を引き締め、さりげなく周囲に注意する。『にゃパン』シリーズは目下俺のお気に入りなのだ。猫とパンを組合せたほっこり系キャラで、原作はウェブコミックである。俺は食べてしまいたいほど猫が好きなわけで、食べてしまうほどパンも好きなわけで、要するに好き×好きの組合せ、しかも最近のこういったグッズ、細かいところまで実によくできている。

子供の頃はほとんどキャラグッズに興味のなかった俺だが、大人になり、『にゃパン』シリーズを知り、「集めたい」という欲望を初めて知った。このコレクション欲というのはなかなか危険で、数日前はでかいクッションをネットでポチり、届いてからはそれに顔を埋《うず》めて癒されている。そんな四十歳になる予定ではなかったが、なってしまったから仕方ない。自己受容を大事に生きていこう。

この『あんにゃパン』は誰が落としたのだろうか。きっと捜しているだろう。俺は少し離れた場所で喋っている学生たちに声を掛けてみた。

「誰かこのペンを落としてないか？」

一斉に、学生たちがこちらを見る。男子三人に女子一人だ。

俺の手にしているペンを見て、一番背の高い男子学生が「シホの？」と女子を見て聞いた。サラサラヘアの女子学生はペンを見て「違うなあ」と首を傾げる。

「だよな？　シホの趣味じゃないよな。なんだこの猫」

「私、キャラグッズは持ってないんだよね。あ、すみません、こちらでお預かりします。拾ってくださってありがとうございました」

女子学生は頭を下げ、俺からペンを受け取った。この子は礼儀をわきまえていたが、背の高い男は「誰の、これ？」と周囲に聞くものの、俺に対して会釈のひとつもない。俺がこのイベントのスピーカーだったと知らないのか、あるいはただの礼儀知らずか。

今日は無報酬のボランティアなんだから、少しくらい謝意を示してほしいものだ。

「あ、それボクのです」

予想外の方向から声がして、俺は振り返る。

ワンコがいた。

なんだっけ、あの、小さくて、ぽわぽわして、ぬいぐるみみたいな……ポメラニアン？　真っ白いポメラニアンが笑顔で立っているのだ。

「さっき落としちゃって、すごい捜してました。こっちまで転がってたんですね。シホさんありがとう。拾ってくださった方も、ありがとうございました！」

白ポメがぴょこりと頭を下げた。いや、実際はもちろん犬ではない。ただ、イメージがものすごく白ポメな男子なのだ。小柄で細身、髪はふわふわしたくせっ毛、きゅるんと黒目がちで、着ているのはアイボリーのハイネックに白デニム……そしてニコニコと愛想がよい。シホという子がペンを渡すと、「よかったあ」と大事そうに撫でる。

「アー、ハイハイ、雲井《くもい》のかァ」

いやな笑いとともに、身体も態度もでかい学生が言った。

「キャラグッズとか、似合いすぎてて引くわ〜」

明らかに嫌味だったが、雲井と呼ばれた学生は「そうかな」と笑みのままで受け流す。

こんな扱いに慣れているのかもしれない。

「で、なんで雲井がここにいるんだ？　え、まさか起業とか考えてるわけ？」

「うん。興味があって」

「いやいやいや。やめとけって。向いてないよ」

なんでおまえが決める？　と思った俺だったが、学生さんの会話に大人が割って入るのも、それこそ大人げない。それにシホさんとやらが「べつにいいじゃない、自由参加なんだから」とフォローに入っている。このままフェードアウトして帰ろうと思っていたのだが……、

「そのペンなに？　猫？　そういうのもさあ、そろそろ卒業しろよ」

と、聞こえてきた声に足がとまる。

「キャラグッズだの、アニメだの……だから日本人は子供っぽいって言われるんだよ。いくら見てくれがカワイイ系だからって、一応おまえも男だろ？　持ってるもんまでそんなだと、さすがに女々《めめ》しすぎだって～」

え、今なんて？　女々しいとか聞こえたけど？　俺は知らないあいだに昭和にタイムスリップしたのか？　いやいや今は令和だよな？「女々しい」を使っていいのはもはやゴールデンボンバーだけだと思うぞ？　この子たち、金爆知らないかもしれないけど……とにかくそんな言葉を公の場で口に出すのはまずい。すぐそこで聞いているシホさんの顔も引きつっているというのに、ドヤ顔くんはそれにまったく気づいていない。

「起業を考えてる人間なら、自分がどう見られるか、もうちょっと気を遣ったほうがいいんじゃないの？　もし俺が出資者だったら、猫のくっついてるペンなんか持ってるやつに金は出さない」

「なぜ？」

聞いたのは俺である。

いきなり話に入ってきたオッサンに、学生たちが戸惑い顔になる。だが、すまん。

猫原理主義《にゃんこファンダメンタリズム》なオッサンは黙っていられない。

「なぜキャラクターグッズを持っていることが、出資しない理由になるんだ？」

「……え。だってそれは……」

「可愛いじゃないか。猫は可愛い。パンは美味しい。多くの人を幸せにする」

「そうだとしても……子供っぽいじゃないですか」

「子供っぽいとビジネスで成功できないと？　自由な発想力は大人より子供のほうが優れていると思うが」

「それはそうですけど……」

「そもそもきみはキャラクターグッズに偏見を持ってるようだが、市場の大きさを理解してるのかな。キャラグッズ市場は一兆二千億円を超えると言われている」

「はあ……」

「さらに言えば猫関連市場、いわゆるネコノミクスの経済効果も大きい。二〇二〇年調べで二兆超えだ。猫という存在が、ホモサピエンスの経済すら動かしている現れだ。そういった社会状況を把握していれば、この『にゃパン』を……猫をモチーフにしたキャラクターグッズを揶揄《やゆ》したりはできないはずだと思うが」

「いや、俺、そういう分野興味ないんで……」

目を合わさないまま返す学生の顔には（めんどくせえオッサンだな）と書いてあった。ほかの学生たちも困り顔で、白ポメだけが真っすぐに俺を見ている。

「なるほど。つまり視野が狭いんだな」

起業家には向いていない——とまで告げる必要もないだろう。俺は「邪魔したね」とだけ言い残し、その場を後にした。「誰、あの人」「会計士の先生だよ、スピーチしてたじゃん」「なんかえらそー」などという声が背中に届いたが、聞き流す。言うだけ言ったら、スッキリした。金をもらってるわけでもなし、学生たちを教え導く気などさらさらなく、ただ『にゃパン』をディスられてイラッとしただけである。あのペンが犬のキャラグッズだったら、スルーして帰っていたはずだ。

「あのっ、すみませんっ」

エントランスまで出た時、誰かが追いかけてきた。

白ポメくんだ。急いで荷物をまとめ、走ってきたらしい。

ぐしゃっとまるめた上着、そしてキャンバス地の鞄を抱きしめるようにし、息も少し上がっている。小柄なため、軽く俺を見上げる顔は、黒目が潤んでいてなんとも子犬感満載だ。俺が圧倒的猫派でなければ（かわいい……）と思っていたかもしれない。

「さっきはありがとうございました！」

物怖じしないタイプの子犬らしい。成人男子にしては甲高い声でハキハキと言う。俺のほうは「いや」と短く返したあと、「……感じがいいとは言えない友達だったね」とつけ足した。すると彼は困ったように笑い、

「ちょっと口が悪くて。でも、なんだかんだでボクのことを気にかけてくれてるんです。きついこと言うけど、悪気はないのわかってますから」

などと、時代錯誤男を擁護するのだ。なるほどこれは舐められるはずである。

「えっと、これ、よかったら」

鞄をゴソゴソ探って、なにかを取り出した。白ポメくんから手渡されたのは未開封のキーホルダー、『にゃパン』シリーズの……なんと、トーストとろりんにゃんである！厚切りトーストの上、淡い茶色の猫が溶けかかったバターのように、とろりんとリラックスしているという、秀逸なデザインなのだ。眠っている表情がまた素晴らしく、デザイナーの猫愛が強く感じられる。さらには、トーストの端っこの、カリカリした質感の再現性もすごい。

「たまたま手に入ったんです。よかったら……」

「でもこれレアグッズだろう?」

「大丈夫です。ボクの推しはあんにゃパンなので! あの、あと、今日聞いたお話もすごく勉強になりました!」

それはなにより……と答えつつ、トーストとろりんにゃんを受け取ってしまう俺だ。

「今日みたいなイベントに来たのは初めてですけど……起業は本当に考えてるんです。ボクは子供の頃から動物が好きで、とくに猫が好きで、だから猫と人間が幸せに暮らせる社会を作りたいって思ってるんです」

「ふむ。いい目標だね」

「でも、今のペット市場は儲《もう》け主義だし、問題も多いし……それなら、自分でそういう会社を創業したほうがいいんじゃないかなって。正直、ボクは頭もよくないし、起業に向いてるかわからないんですけど……一緒にやろうっていってる友達は優秀で!」

「ペットテック事業を目指してるのかな?」

俺の問いに白ポメくんがキョトンとした顔をした。

「ペットとテクノロジーを掛け合わせた言葉だよ。ほら、自動給餌機に見守り用のカメラがついたり……そういう分野」

「ああ! なるほど! すごいですね!」

ものすごく純粋な瞳で見つめられつつ、感心された。うーむ……ペット分野の起業を考えているなら『ペットテック』くらい知っていてほしい単語ではあったが、まあまだ学生ならば仕方ないのかもしれない。素直な性格のようだから、これから勉強することで知識は身につけることができるはずだ。

「幾ツ谷先生は、かっこいいですね」

キュルンとした目が俺を見つめている。

「……え？」

「公認会計士がものすごく難しい資格なのは知っています。そんな資格を持ってて、頭が良くて、でもキャラクターグッズみたいなポップカルチャーにも理解があって、それをちゃんと経済的に評価してて……！　そういう考え方ってすごくクールです！」

クールときたか……そうか、クール……ふ……。つい、眼鏡のブリッジに手がいってしまう俺である。

「……いや、まあ……それはどうも……」

「見た目をどうこう言うのは、よくないかもしれませんが、スーツが似合ってて、超大人の男っていう感じで……憧れます。ボクは自分が子供っぽい見た目だから……」

「……いや……うん……まあでも、きみのようなルックスも相手に警戒心を抱かせないという点では有益だと思うよ」

「そうかなあ……頼りない外見だから自信持てなくて……」

「気にすることはない。……たとえば、投資家がどんな若者を支援しようかと考える時、もちろん第一は『事業内容が革新的で期待できる』ことだろうけれど、それと同時に『まだ経験の少ない若者が、それでも懸命に頑張っている姿』に心を動かされたりもする。結局、投資家も人だからね」

ましてや懸命に頑張っているのが、この白ポメくんだったら、少なくとも悪い印象はないのではないか。とはいえ、投資家たちはかなりシビアでもあるので、事業内容がしっかりしていることは大前提だが。

「先生、ボクでも可能性はあるんでしょうか」

うーむ、この上目遣い……俺は『世界は猫であり、猫は世界である』くらいの猫派だが、犬が嫌いなわけではない。モフモフした生き物はだいたい可愛いと思っている。だから普段なら「可能性があるかどうかなんて他人に聞くことじゃないだろ」と淡々と返すところなのだが、つい、

「誰にだって可能性はある」

などと、眉唾《まゆつば》ものの自己啓発本みたいなセリフを言ってしまった。すると白ポメくんは「そうですよね！」とおやつを見せられた小型犬みたいに目を輝かせる。

「自分を信じないと、なにもできませんよね！」

「そうだな。まずは自分自身を味方につけないとな」

とはいえ、客観的な自己評価も当然必要だけど。

「諦めないことが大事ですよね！」

「ああ。粘り強さは大切だ」

とはいえ、諦め時の見極めも大事だけど。

「仲間と一緒なら、できますよね！」

「うむ。補い合える関係は重要だな」

とはいえ、仲間割れは起業あるあるだけれども……。

「あの、ボク、実は具体的に考えている起業プランがあって……幾ツ谷先生、相談に乗っていただけないでしょうか……！」

「え、俺？」

なんで？　今さっき知り合ったばかりなのに？　そもそも俺は武田の代打にすぎないし、ＯＢでもないし、当然コンサル料もらえるわけじゃないだろうし……。

「ご迷惑でしょうか……」

白ポメくんの眉尻が、ちょっと下がる。ショボンな白ポメだ。これでは俺が、おやつを見せたあとで引っ込めるような、極悪非道な飼い主みたいではないか。そんなの、許されることではない。

犬はそうやってしつけることもあるのだろうが、猫飼いの場合それはない。一度捧げたおやつを引っ込めるなど、万死に値するわけで……。

「だ……だめ、というわけでも……」

つい、そう答えてしまったのだった。


「ふーん。つまり、魔が差したわけね」

「なんでそうなる。前途ある若者に無償で力を貸すことにしたんだ。超善行だろ」

「いつものりっちゃんなら決して引き受けない面倒くさい案件だけど、小型犬男子にキャンキャンほめられて舞い上がり、うっかり引き受けたってことでしょうが」

「俺の真価を見定められた学生ならば見所がある。ならば起業の相談に乗るのもやぶさかではないわけで……おい、窓閉めたか」

「閉めたよ。全部」

「廊下側の襖《ふすま》に貼り紙は？」

「した」

ならば、準備完了である。

「では放ちます」

俺は厳かに言い、鳥籠の扉を開けた。

バサバサバサ……と出てくるかと思いきや、中のオカメインコは止まり木でじっとしたまま動かない。せっかくの放鳥タイムだというのに。

「……まだ警戒してるのかな」

俺が呟くと「たぶん」と神鳴が返した。

「僕も鳥は飼ったことがないから、よくわからないけど」

「泉沢さんに詳しく聞いておくんだったな……ネット情報は膨大だが、玉石混交すぎる。おーい、ほっぺちゃーん？　お外に出ていいんですよー？」

オカメインコのほっぺちゃんは、亡くなった源《みなもと》小春《こはる》さんの愛鳥だ。

小春さんは弥生さん、つまり蔦屋敷の元オーナーととても仲がよかった。その繋がりもあり、トモキヨがおそうじサービスを提供していたわけだ。小春さんはこの数年膝《ひざ》が悪くて歩くのに難儀していたそうだが、それでもほっぺちゃんの世話だけは自分できちんとしていたと聞いている。トモキヨはほっぺちゃんが喋るのも聞いたことがあるそうで「ホッペチャン、カワイイネー」と言うらしい。自己肯定感高めのオカメインコだ。

次の飼い主が見つかるまで、ほっぺちゃんを蔦屋敷で預かることになった。

仏間にケージを置くことになったので、しばらくむぎちゃはこの部屋は入室禁止となる。もちろんむぎちゃは天使だが、それでも猫と鳥が同じ空間にいるのは危険だ。

ほっぺちゃんの世話は基本的に洋がしてくれ、大学の授業や課題で忙しい時には住人が手伝うことになった。週末は俺か神鳴が担当するが、なにぶんふたりとも鳥初心者なので、最初のうちは共同作業とした。俺は知らなかったのだが、小鳥も運動しないと肥満になり、ストレスも溜まるらしく、日に一度は放鳥させるべきらしい。

そんなわけで窓をきちんと閉め、襖にも『ただいま放鳥中』の注意書きを貼り、ケージの扉をオープンしたのだが——ほっぺちゃんは出てこない。

「出ない。なんだか元気ないよな……」

「飼い主が亡くなったんだから、無理ないでしょ」

「むぎちゃも俺が死んだら、こんなふうに元気がなくなるんだろうか……くっ……そんなの絶対だめだ、死んでも長生きしないと……」

「心配いらない。りっちゃんがいなくなっても、むぎちゃはここで幸せに暮らすから」

「神鳴、おまえね」

文句を言おうかとも思ったが、よくよく考えてみると、俺が突然死したあともむぎちゃの幸福が確約されているのは望ましいことである。

でもできれば、俺もむぎちゃと一緒に幸せに長生きしたい……。

「……出ないな」

「……飛ばないな」

ほっぺちゃんは相変わらずケージの止まり木でじっとしている。出てくれないとケージの掃除ができないので困る。とはいえ無理に出すのもよくないだろうし、ならばひたすら待つしかなさそうだ。あまり圧をかけないように、ケージから少し距離を置いたところで胡座《あぐら》をかく。神鳴も少し離れたところで同じ格好で待機に入った。ふたりともほぼ動かなかった。オカメインコは大きな物音や振動、光などに敏感だとネットにあったので、俺たちも静かにしていたほうがいいはずだ。

ヒマである。

神鳴もヒマそうで、畳の上のスマホを手にしかけたが、結局やめた。最近目が疲れると言っていたから、そのせいかもしれない。俺たちは老眼が忍び寄ってくるお年頃なのである。

「…………」

「…………」

こいつ、どうするんだろう。

あの母親を、どうするんだろう。

ヒマな上に同じ空間に神鳴がいるので、どうしてもそれを考えてしまう。本人に聞いたことはないし、聞くつもりもないし、聞く立場でもない。赤の他人である俺が考えても無意味だとわかっているが、それでも完全に忘れるのも難しい。神鳴の母親は、それくらい強烈なキャラクターだった。

あの夏の日の、白い着物。

くるくる回る日傘。

神鳴の母親はたいそうな美人だった。六十三と聞いたけれどもっと若く見えたし、物腰も話し方も品があって、いいとこの奥様、という雰囲気だった。

それだけに豹変《ひょうへん》した時は怖かった。正直、俺はビビった。厳《いか》つい大男が凄むより、上品な奥様が顔を歪めて怒るほうが怖いと初めて知った。蔦屋敷に入ってこようとした彼女を止めたのは洋だ。大家として断固阻止し、神鳴を守った。俺はといえば、突っ立っていただけの傍観者だ。

その後、あの母親は蔦屋敷のことを調べさせたのだろう。おそらくは専門職に依頼し、ここに住んでいる神鳴シズカが、息子である志良木静《しらきせい》と同一人物だと特定した。

だから毎日手紙が来る。

分厚い封筒が『神鳴様方　志良木静様』という宛名で届き続けている。日によっては複数届く。神鳴はそれを受け取っている。

紙糸子さんが「受取拒否もできるよ」と言っていたが「刺激したくないので」と苦笑いで返していた。

今のところ、母親が直接訪ねてきたのは、あの一度きりだ。けれど再来は時間の問題という気もする。その時こいつはどうするんだろう。「一緒に帰らなければ死ぬ」と言い出しそうな母親を――かつては実際にそう言って、息子を当時住んでいたアパートから無理やり連れ戻した母親を、どうするんだろう。

「で、どうするの？」

「ほっ？」

自分の中にあった言葉を神鳴が言うので、おかしな声が出た。

神鳴は眉を寄せて俺を見ながら「だから、学生起業の手伝いするわけ？」と聞いた。

ああ、それか。その話ね。

「一応話だけは聞くよ。友達とふたりでペット関連の仕事を立ち上げたいらしい。今度、詳しい話をしてもらう予定」

「ふうん。まあ、最近は学生のうちに起業する話も珍しくないからね」

「おまえのとこも多いの？　経済学部」

「いなくはないけど、多いってほどじゃないな。商学部や理工のほうがいるんじゃない？　何人かで起業するなら、学部や学校を跨《また》いだっていいわけだし」

「まあそうか。共同経営は難しいんだけどな……」

「なんで？　金で揉めるから？　みんながみんな、りっちゃんみたいな金の亡者じゃないと思うけど？」

「俺は金の亡者じゃない。ただ金が大好きなだけだ。マネー様以上に頼りになる御方は、滅多にいらっしゃらない」

「たしかに」

「共同経営で揉めがちなのはさ、まあ金の場合もあるけど……むしろビジョンの違いだよ。自分たちの会社をどう発展させたいのか、そのためにどういう経営方針をとるのか。最初のうちは和気藹々《わきあいあい》、一致団結して盛り上がってても、そのうちズレが出てくる。金の問題は金で解決できるけど、気持ちのすれ違いはそうもいかないだろ」

「なんだか恋愛みた……あっ、ほっぺちゃんが出た」

ちょん、とほっぺちゃんが畳の上に降りた。トコトコと数歩進むと、きょろきょろと周囲を見渡している。おお、鳥もなかなか可愛いな……。やがてバササッと羽ばたいて、まずは自分の入っていたケージの上に止まった。

「おお、ちょっと飛んだぞ」

「飛んだ飛んだ」

感心してしまう俺と神鳴である。

やがてほっぺちゃんは、ここにいる眼鏡四十男ふたりに危険はないと判断したのか、部屋の中を自由に飛び回り、長押《なげし》や仏壇に止まり、たまにトコトコ歩き、また飛んで壁に並んだアイドル写真を落としそうになったりして、俺たちをヒヤヒヤさせた。ちなみにアイドルたちは亡き伯母の推しである。

「俺が掃除するから、ほっぺちゃんが怪我しないように見ててくれ」

俺はマスクをかけた。オカメインコは脂粉《しふん》と呼ばれる白っぽい粉を分泌し、それを撒き散らすので、掃除の時はマスク推奨らしい。

「わかった……あっ、ほっぺちゃんが！」

神鳴の声に振り返ると、なんとほっぺちゃんがヤツの肩に止まっているではないか。

「えっ」

「ふふふふふ」

なんだ、その勝ち誇ったような顔は。

「ひどいじゃないか、ほっぺちゃん、きみのおうちを掃除してるのは俺だよ？」

「ほっぺちゃんはイケメンがお好きだ。小春さんもそうだった」

「小春さんは俺にもよくしてくれたぞ。前にどら焼きもらったもん。一個しかないからって、俺だけに！」

「僕が遊びに行った時は、モンブランケーキ出してくれた」

「ぐぬぅ」

俺たちがそんなやりとりをしていた時、ピンポンと呼び鈴が鳴る。

だが今襖を開けるのは危険だ。セールスかもしれないし無視しようかと思ったのだが、ピンポンはしつこかった。

しかたない。俺は神鳴に目配せした。

神鳴が頷き、ほっぺちゃんを肩に乗せたまま、襖から静かに離れる。俺はほっぺちゃんがこちらを見ていないあいだに、慎重に襖を少しだけ開けた。そしてササッと廊下に出ることに成功する。

「まったくもう、誰だよこんな時に…………はい、どちら様ですか？」

ダイニングキッチンにあるインターホンで応答すると『あ、すみません』と女性の声がした。モニターに映るのはダークスーツ姿の女性、その後ろに男性がひとりだ。

女性のほうが黒い手帳のようなものをカメラに向ける。

パカリ、とそれが開いた。上が身分証で下がバッジ……えっ、これ、ドラマとかで見たことがあるやつ……。

『警察の者です。幾ツ谷理さんはいらっしゃいますでしょうか』

私服刑事だ。マジか。

待て待て、俺なにかしたか？

仕事関係？　内部情報が俺のパソコンから漏れてたとか？　いやでもそれでいきなり刑事来る？

「はーい、いま開けまーす」

いつのまにか俺の後ろに立っていた神鳴が返事をしやがった。

「おまっ……」

「なにビビってんのさ。開けないと怪しいだろ」

「ビビってない！　ただ身に覚えがな……ほ、ほっぺちゃんはどうしたんだよ！」

「とりあえずケージに戻した。なんかこっちが面白そうだったから。で、いくら横領しちゃったの？」

「横領とかしてないし！」

なにやら楽しげにくっついてくる神鳴とともに、玄関まで辿り着く。私服刑事ふたりは丁寧な挨拶をし、ふたりともが身分証を見せた。女性のほうは名刺もくれて、威圧感はとくになく、むしろそれがちょっと怖い。

「幾ツ谷さん、ですね。そちらの方は？」

「僕、同じシェアハウスに住んでる神鳴と言います。お邪魔ですか？」

「神鳴さん……去年亡くなられた神鳴弥生さんのご家族ですか？」

「ハイ。夫です」

一瞬、刑事たちが戸惑った。若すぎるだろ、と内心で突っ込んだことだろう。だがそこはプロフェッショナル、すぐに「そうでしたか」と表情を戻す。

「本日は、源小春さんのことでいくつかお伺いしたいんです。源さんは、神鳴弥生さんととても親しかったそうですね」

小春さんの件か……と俺はいくらか安堵し「はい。そう聞いてます」と答えた。

神鳴も「よく遊びに来てましたよ」と言い添える。俺は生前の弥生さん、つまり伯母についてはほとんど知らないのだ。父は早くに亡くなり、父方の親戚とはつきあいがなく、弥生さんの存在すら知らなかったほどである。

「その縁で、ここの住人の……橋田さんと美村さんがハウスクリーニングサービスを提供していて、ご遺体を発見した。これは間違いないですよね？」

「そうです。……あの、小春さんは階段から落ちて、頭を打って亡くなったんですよね……？　事件性はないと聞いてましたが」

「はい、ご遺体に不審な点はなく、転落されたことは確かなのですが……。小春さんはひとり暮らしでしたよね？」

「「はい」」

俺と神鳴は同時に頷く。

「記憶力の衰えや、認知症の傾向はありましたか？」

「『いいえ』」

また同時だ。神鳴が続けて「膝が悪くて、歩行は大変そうでしたけど、それ以外はお元気でした」と言い添える。その通り、頭もシャッキリしていた。

「そうですか……実は、ご遺体を発見した直後、念のために家の中をひと通り調べたところ、冷蔵庫の中身がちょっと気になりまして」

「冷蔵庫？」

「ご高齢のひとり暮らしにしては、食材が多すぎたんです」

刑事というのはいろんなところをチェックするようだ。

「記憶力の問題で、過剰な量の買物をしてしまうというケースは、ご高齢の方にはしばしば見られます。けれど源さんの冷蔵庫では、生鮮食品の日付は新しく、ほかのものも整理整頓され、しっかり管理しているのがわかりました。お買物はだいたい同じスーパーを利用されていたと聞き、そこの店員さんにも話を伺ったんです。顔なじみのレジ係の方いわく、最近、買物の量が増えていたと。からあげ用の肉だとか、チルドピザだとか……今まではあまり買わなかったものも目立ち、『お客さんでもいらしてるの？』と聞いたところ、源さんは嬉しそうに」

――孫がね、来てるの。

そう答えたと刑事は語った。

「いや、小春さんに孫なんかいないですよ」

俺がそう言うと、刑事は「そうなんです」と俺を見る。わりとかっちり目が合った。

「お子さんがいらっしゃらないので、当然お孫さんもいないんですよ。でも確かにそう答えたと。……ところで幾ツ谷さん、源さんが発見された二十七日の午前中、それから前日の夜、どこにいらっしゃいました？」

その質問はつまり、俺のアリバイを示せということか。

「えっ、まさか、りっちゃんが小春さんを……？」

背後で言った神鳴を振り返り「バカか、おまえは」と罵《ののし》っておく。それから改めて刑事を見て、

「その間ならずっとここにいましたよ。夜はここの大家さんとネトフリでドラマ観て、日付が変わる頃風呂に入って寝て、朝は八時に起きて洗濯して、猫トイレの砂を全部取り替えて……十一時にはおでん食べてましたね。神鳴、おまえもいただろうが」

俺が言うと神鳴は「ああ、そういえば」と頷く。

「わかりました。実は、源さん宅に何度か出入りする幾ツ谷さんを目撃した方がいらっしゃいまして」

「……あー、かどやさんでしょう」

かつては『かどや』という煙草店を営んでいたおじいちゃんである。

小春さん、弥生さんのこともよく知っているご近所さんだ。俺が小春さんの家から出てきたところで鉢合わせたことがある。それを刑事に説明すると、刑事より先に神鳴が反応する。

「なんであんたが小春さんちに出入りしてたわけ？　僕ならともかく、それほど親しくなかったじゃない」

「うるさいなあ。相談されてたんだよ」

「なんの」

「財産整理。ホームに入ることを計画してて、その費用が足りるかとか、正しい数字を知りたいって。まだみんなには言わないで、って口止めされてたの」

もしこれが半年前ならば、小春さんは蓮田《はすだ》弁護士に相談していたはずだ。蔦屋敷相続の件でもお世話になった蓮田さんは、夏の終わりに体調を崩してしまい、仕事を引退して房総半島の田舎に戻ったのである。洋は時々連絡を取っているらしい。

「なるほど、そうでしたか」

納得顔を見せたのは女性の刑事だ。

「幾ツ谷さんは会計士ですものね、相談するには適切です。幾ツ谷さん、源さんのお宅に行った時、なにか気づいたことはなかったですか？　いつもと違う様子だとか、誰かが出入りしている雰囲気だとか」

「そもそも三回しかお邪魔してないので、普段の様子、というのがあまりわからないんですよ。……あ、でも」

俺が思い出したのは、三回目に往訪した時のことだ。約束の日時にピンポンしたのだが、小春さんは玄関先まで出てきたものの、

——ごめんなさいね、急に都合が悪くなってしまって。ほんとにごめんなさい……。

と急にキャンセルされてしまったのだ。いつもおっとりとした小春さんだが、この時はだいぶ慌てていたような気もする。さらには……。

「家の中から、足音がしたような気がしたんです。だから、ああ、急なお客が来たのかなと……」

「それはいつのことですか？」

俺はポケットからスマホを取りだし、スケジュール管理アプリを確認する。

「えー、十七日ですね、私の仕事が終わってからでしたから、午後八時の少し前」

「足音以外に気づいたことは？」

「とくにありません。足音も、確実ではないです。なにか別の物音をそう思い込んだのかもしれないし」

「わかりました。お忙しい中、ご協力ありがとうございました。なにか思い出したことがあれば、ご連絡くださると助かります」

礼儀正しく頭を下げ、刑事たちは帰っていった。刑事は必ずふたりひと組で行動すると以前なにかで読んだが、本当なんだなあ……などと考えつつ、神鳴とともにほっぺちゃんのいる仏間に戻る。あらためて放鳥し、俺はケージの掃除を再開した。神鳴はティッシュを箱ごと抱えてほっぺちゃんの見張りだ。ほっぺちゃんは飛んだり歩いたりしながら、自由気ままにフンをするからである。

「小春さん、ホームを考えてたのか……」

シュッ、とティッシュを抜きながら神鳴が呟いた。

「なんでりっちゃんなんだ……僕に相談してくれればよかったのに。僕のほうがずっと、長いつきあいだったのに」

明らかに不服そうな声である。

「税務知識はあるのか、准教授」

「ない。それは僕の分野じゃないから」

「それじゃ役に立たないだろうが。……それにさ、むしろ親しくしてた人には相談しにくいんじゃないの。老人ホームだの、自分が死んだあとの話だのは」

「そんな話まで？」

「してたよ。几帳面な人だったんだろうな。まだ多少の財産があるうちに自分が死んだら、慈善団体に遺贈したいって」

優しく、穏やかで、けれど芯の強い人だったと思う。

弥生さんもまた優しくて芯が強かったようだが、穏やかというよりはチャキチャキの江戸っ子タイプだったらしい。一緒にいるととても楽しかったわ……そんなふうに教えてくれた。おっとりした小春さんとはいいコンビだったようだ。

ふたりの思い出話を聞くのは興味深かった。

弥生さんの推していたアイドルグループを、ずいぶん布教されたと笑っていた。ライブには行けなかったけれど、一度だけ一緒にライブビューイングとやらに行ったそうだ。その時の写真を一枚もらった。弥生さんの頬は紅潮し、ものすごく弾けた笑顔をしていて……俺は思わず笑ってしまった。こんな顔しちゃって、と思ったのだ。会ったこともない伯母なのだから、他人も同然のはずなのに。

弥生さんが話していた、弟の話……つまり俺の父親の話もしてくれた。

よく転んでは泣いていたという父。宿題をなかなかしなかったという父。

亡き弥生さんの目を通しての、亡き父の話。それを語ってくれた小春さんも今では亡き人になり——ものすごくあたりまえだが、なるほど、人は死ぬんだなあ、と改めて思う。もちろん俺もいつかは死ぬわけで。その確率は一〇〇%なのだ。

トトト、とほっぺちゃんがこちらに寄ってきた。

オカメインコって、結構よく歩くんだなあ……。

あ、目が合った。鳥と目が合うという体験を、俺は初めてした。

「ピュイル」

俺を見て鳴いた。おお、認識されている、と感動する。

「ほっぺちゃん……俺のこと好きなのか……？」

「早く掃除しろって言ってるんだ」

「ピュイル、ピュイル」

「神鳴がうるさい？　そして仕事が遅い？　そうだよねー、ほんとにねー、あっ、豆苗《とうみょう》食べる？　食べまちゅかー？」

「なんだその猫可愛がりは。鳥なのに。むぎちゃに言いつけるぞ」

「やめて」

「ピュイル」

ほっぺちゃんが羽ばたき、飛び、俺たちの上を旋回して――ボトリ。

またフンを落とした。

俺の頭の上に。

3

「こちら、ボクの親友の林鈴音《はやしりんね》さんです。通称リンリン」

「……通称じゃないです……モイしかそう呼ばないので……」

「あ。ボクはモイって呼ばれてるんですよ。雲井敦人《あつと》なので、モイ。よかったら幾ツ谷さんもそう呼んで下さい！」

白ポメ改め雲井ことモイは、どこまでも明るくそう言った。

いや、呼びたくないんだけど……モイとか……友達じゃないんだし……だがここでその呼称を採用しないと、頭の固いオジサン認定になってしまうのか……？

「では……モイ、くん」

ハイッと雲井が返事をした。今日も屈託のない笑顔がポメポメしている。一方、雲井に紹介された林はといえば、さっきからずっと俯き気味でろくに顔が見えない。平安時代？というほどに伸ばした黒いストレートヘアがすだれのように彼女の顔を覆い、その印象をやたらと暗くしていた。

平日、俺の仕事が終わってからの午後七時。チェーン店系カフェの四人席で、俺はふたりと向かい合っている。

雲井には名刺を渡してあったので、まず事務所のメールに連絡が入った。その後は個人で使っているＬＩＮＥで連絡を取り合い、今日、こうして場を設けたわけだ。簡単なものでいいので、アイデアシートを作ってくるようにと伝えてあった。それを見れば彼らの本気度や、どれくらい勉強しているかがわかるはずだ。

「えー、ではモイくんに林さん。夕飯時だし、よかったらなにか食べて。それくらいはご馳走します」

「ほんとですか！　ボク、ここのナポリタン大好きで！」

「………じぶん……会食恐怖症気味で……」

うーむ、キャラのコントラストがすごい。

性格が違うほうが仲よくなれるという説も聞くが、ここまでくっきり違うと見てて面白いほどである。ちなみに、雲井は今日も白を基調としたコーディネイト、ふわふわくせ毛の頭には、ポンポンのついたニット帽をかぶっている。対して林は全身真っ黒、ネイルはメタリックシルバー、ひょろりとした痩せ形で雲井より背が高く、本人には決して言わないが、大鎌を持たせたら死神コスになりそうだ。

「林さんも、動物が好きなんだよね？」

「……なまあたたかいのはあまり……」

「え？」

「リンリンは爬虫類や両生類が好きなんですよー。今一緒に暮らしてるのは、えーと、なんだっけ？」

「フトアゴとレオパ……」

「そうそう。イグちゃんは去年天国に行っちゃったんだよね……」

コクリ、と林が頷くと、黒髪すだれがミルクティーに入りそうだ。イグちゃんってもしかしてイグアナのことだろうか？　ガラパゴスにいるあれ？　うそ、あんな大きいの飼えるのか？

「………ガラパゴス諸島にいるようなヤツじゃないんで……」

おっと、顔に出ていたらしい。

「だよね。もっと小さくて飼いやすい種類がいるんだよね」

「そう……小さい………二メートルくらい……」

小さくない。あと、飼いやすくもない。

そんなサイズじゃ水槽に入らないではないか。いったいどうやって飼うんだ？　色々気になるところではあるが、今日は爬虫類談義をしにきたわけではない。俺は正面に座っている雲井に視線をやり、「アイデアシート、見せてくれる？」と言った。

「はい。頑張って書いてきましたが、ボクこういうのあんまり得意ではなくて……」

雲井はやや緊張した面持ちで、ファイルを差し出す。

「まあ、書く機会はそうないだろうからね。でもまずは自分たちのやりたいことを、視覚化してアウトプットしないと始まらない。それがあれば、こちらとしてもアドバイスがしやすいし」

雲井が差し出したファイルを受けとる。中身は数枚のＡ４用紙を綴じたものだった。いち、にい……五枚、か。最初にしてはまあまあ頑張ったほうだろう。

【ペットにも人間にも優しい社会を提供する革新的事業アイデア】――そんなタイトルがあり、まずは挨拶文的なものから始まっていた。動物と人間に優しい世界がいかに必要かという雲井の気持ちが、あまり上手とはいえない文章で語られている。勢いと熱意は感じられるのだが、余計な修飾語が多くて要領を得ず、読む側にじわじわとストレスを与えてくる。二枚目も同じような話が続き、さらに現代社会における商業的なペット販売の問題、ペット遺棄の問題、多頭飼育崩壊、ひとり暮らしでオーナーになる時の問題など、ネガティブな事例がこれでもかと続いて……ようやく最後の五枚目の下半分で、肝心の事業アイデアが現れた。

サービス内容……ペットシッターをアプリでマッチングし、派遣するサービス
顧客の想定……旅行などで家を空ける人など

アプリ開発担当……林鈴音

「………これだけ？」

俺が聞くと、雲井が黒目をきゅるりんとさせて「えっと、少なかったでしょうか？」と返す。

「ボクとしては、ペット業界の問題性を一生懸命書いたつもりなんですけど」

「うん……まあ………まず最初のアドバイスとして、この手のビジネス的な文書に一生懸命さはそれほど必要ない。必要なのはわかりやすさだ」

「なるほど！　勉強になります」

すごい勢いで首を縦に振る。素直だ。素直ではあるが……。

「俺が知りたかったのは、五枚目の下半分。つまり事業の具体的なアイデア」

「はい！　ペットシッターをアプリでマッチングするサービスなんです！　家を空ける時、ペットホテルに預ける人って結構いると思うんですよ。でもまあ、ワンコはまだいいとして、ニャンコはほとんどの場合、知らない場所が苦手ですよね。自分の家のほうがリラックスできるじゃないですか。それなら、自宅に来てくれるペットシッターさんを、みんなもっと活用したらいいんじゃないかなって。専用のアプリを開発して、シッターさんと利用者をマッチングさせたらどうだろう、って思いついたんです！」

実に生き生きと喋っている。

「アプリを使うことで、急にシッターさんが必要になった時も対応しやすいし。シッターさんにも初心者からベテランまでいるはずで、そのへんで価格設定を変えたり、あと、そのアプリ内で、ペットオーナーさんたちが情報交換できたりしても楽しいし！」

「……今言ったようなことを、ここに書いてほしかったわけ」

「あー！」

なるほど、と言いたげに目を見開く。

「それから、収益についてはどう考えてるの？」

「はい、収益は頑張って上げます！」

大真面目にそう返されて、俺はつかのま言葉をなくす。ふざけているのではない。彼はあくまで真剣なのだ。そして林はいまだ顔を上げない。

「……頑張るのは大前提として」

俺は眼鏡のブリッジに指を当てた。

「具体的にどう収益を上げるか、だよ。たとえば、アプリを有料にするとか」

「あ、それはですね。アプリの利用は基本無料がいいって、リンリンが。シッターさんとのマッチングが成立すると手数料が入る形とかどうでしょう。あと、一部は有料会員にして特別なサービスとかあってもいいかも……人気のシッターさんを、優先的に予約できるとか？」

「うん。だからそういうの、ここに書いてほしかったわけ」

「なるほどです！　あははっ、ボクってだめだなー！」

そうなんだ。だめなんだ。

正直、俺の予想を超えてダメだった。もうちょっとしっかりしてるかと思っていた。とはいえ、自分のアイデアを他人に見せるためにまとめること自体、初めての経験なのだろう。伸びしろに期待すべきだと、俺は十の文句をグッと飲み込む。

「それから、これも大事なことだけど、このペットシッターをマッチングするアプリ、既存のサービスがないかは調べた？」

「え？　あっ、まだ……ですね……。でも、ないんじゃないかな、と。ペットシッターそのものが、日本ではそこまで一般的じゃないですし……」

「…………もうある……」

僅かに顔を上げ、ぼそりと答えたのは林だ。まだ顔が見える角度ではない。

雲井は「うそっ」と言いながら、慌ててスマホで検索を始めた。そう、そんなに便利なものを持っているじゃないか……秒で検索できるのに、どうして予めしておかないのか俺には理解できない。

「……ホントだ……もうあるサービスなんだ……どうしましょう、幾ツ谷さん……」

どうしましょうって、それはこっちが聞きたい。

さすがのポジティブポメラニアンもしょげた顔になる。そんな顔をされると、予め調べなかったおまえがバカだと言いにくくなるじゃないか。俺は同僚や上司にはものをはっきり言えるタイプだが、子犬系男子に頼られるというのは初体験である。知るか、とはねのけて「キャイン」と鳴かれたらどうしよう。

「こんないいアイデアを思いついたのは、ボクが最初だとばかり……」

「いいアイデアは、だいたいほかの誰かが思いついてるものだ。そして『誰も思いつかないようなアイデア』は、文字どおり誰も思いつかない。一部の天才を除いて」

「ですよね……リンリン～、知ってたなら言ってくれたらよかったのに～」

「………モイも知ってるのかなと……知ってて、あえてその業種に……」

「そう、すでに同じような事業があることは、そこまで問題じゃない。競合が乱立していたら、それは考えものだが」

スマホで調べつつ、雲井が「まだそんなにたくさんはないみたいです……」と言う。

「市場に対してサービスが足りていないなら、新規参入するのはありだ。ただし、付加価値をつけて他社と差別化することが必要になる」

「そうですよね……まだ、ボクの夢が潰《つい》えたわけじゃないんですもんね……！　幾ツ谷さん、ありがとうございます！」

はやっ。立ち直りの早いワンコだな……。

「えー、とにかく、事業が成り立つかどうかをもう一度ちゃんと検討すること。そのためには、ペットシッター業界について詳細に調べること。競合分析もして」

「きょうごうぶんせき……」

「競合の特徴、現状シェア、推移を調べる」

「はいっ」

「ビジネスモデル図も描いてみて。手描きでいいから」

「びじねすもでるず……」

「ググりなさい」

「はいっ」

このワンコ、返事はいいんだよなあ、返事は……。

一方で林は相変わらず俯いたまま、ほぼ喋ることはない。正直、やる気がまったく感じられないのだ。起きてる？　と聞きたくなるほどである。だが、雲井が届いたナポリタンを美味しそうに食べながら、口の周りをケチャップだらけにしていると、紙ナプキンを手渡したりはする。

「きみたちはふたりで起業するつもりなんだよね？」

「はい！　ボクたち、ながーいつきあいなんです。ね、リンリン」

「……ん」

「小五で同じクラスになって、中学も一緒で、でもリンリンすごく頭がよかったので高校は別でした。大学も別なんですけど、そんなに離れてないのでしょっちゅう会ってます！　ね、リンリン！」

「……ん」

林の無口っぷりはキヨに近い。

「林さんは工学部だっけ？」

「……い」

ハイのハがほとんど消えてしまうので、イしか聞こえないが、一応返事はある。

「きみは起業についてどう考えてるの？」

「…………」

「こんな会社にしたいとか、ある？」

「……じぶんは……とくに……モイがやりたいことを……」

「アプリ開発はきみが担当するんだよね？」

「……い」

「そうなんです！　リンリンがいてくれるから、ボクにも起業できるって思えるんです！　正直、ひとりだったらとてもムリですよ〜」

あははは、と笑う雲井だが、俺の中では不安がむくむくと膨らんでいた。

起業に向けての、ふたりの温度差がありすぎる。

林のほうは、あくまでおつきあい、という雰囲気だ。少なくとも現時点ではアプリ開発を起点とする起業アイデアなわけで、途中で彼女が「やっぱりやめる」となるとダメージが大きい。

「どうでしょう、幾ツ谷さん！　ボクたちスタートアップできそうでしょうか！」

白ポメがシッポを元気に振って、俺に聞く。

「まず確認したいんだけどね。モイくんがイメージしてるスタートアップというのは……いわゆる、革新的な技術やアイデアを武器に、エンジェル投資家やVCから大きな資金を調達し、熱意と能力で死の谷《デスバレー》を克服し、短期で急成長を見せて新規上場《IPO》株式なりM&Aなりのイグジットを目指すという……そういうスタートアップかな？」

「はい！　えっと、ちょっとわからない言葉もいくつかありましたけど、だいたいそういう感じです。猫と人が幸せに暮らすための、革新的な仕事をしたいんです！」

「ペットシッター派遣アプリはもうあるわけで、すでに革新的ではないよね？」

「あっ、そうでした」

「正直、これだけのサービスでベンチャー的な急成長を遂げるイメージがわかない。簡単にいうと、うまく稼働しても、さほど大きな利益を上げられる気がしない」

「はい、あの、でもっ、儲けるだけが大切じゃないと思ってて！　ボクは人と猫が」

「幸せに暮らす、だろ。それはいいことだよ。大賛成だ。俺だってむぎちゃと……あ、ウチの猫なんだけど……幸せに暮らしたい」

「むぎちゃちゃん。わあ、可愛い名前ですね！」

「うむ。可愛いんだ。写真も動画もあるから、見……いや、それはあとで」

手にしたスマホを、俺はまた置く。

「起業そのものに反対してるわけじゃない。ただ、スタートアップだのベンチャーだのではなく、もっとコンパクトに始めてもいいんじゃないか、ということ」

「コンパクトに……」

「小規模ってこと。自己資金はあるの？」

ふるふる、と雲井は首を横に振り「猫の大好きな投資家さんとか……いませんかね？」などと言う。冗談ではないらしいところが怖い。

「きみの考えてる企業内容では、ＶＣやエンジェルに期待するのは現実的じゃない。学生起業向けの補助金や助成金について、ちゃんと調べること。あとはクラファンだろうな。個人事業主でもやれそうな事業内容だけど……いや……利用者は大事なペットを託すんだから、信頼性が重要か……法人のほうがいいな。株式会社にこだわらず、合同会社でもいいんじゃないか？　そのほうが登録免許税が安くすむ」

「ごうどうがいしゃ」

「ＩＰＯできないんだけど、まあ、あとから株式にすることも可能だし」

「あいぴーおー」

コクコクと頷いたあと、可愛らしく首を傾げた雲井を眺めつつ、ああ、知らないのか……と俺は思った。ＩＰＯ知らないのかこの子……。

「モイくん、何学部だっけ？」

「ハイ、ボク、文学部社会福祉学専攻です」

そうかあ……なら知らなくてもしょうが……なくない。

だめだろ。ぜんぜんだめだろ。何学部だろうと、起業家《アントレプレナー》を目指してるなら新規上場株式くらい知っておくべきだろ？　というか、普通に新聞読んでたら出てくる言葉だよな？　紙の新聞とは言わないし、ネットの経済ニュースでもなんでもいいから……！

もはや、乾いた笑みが顔に浮かんでしまう。そして雲井の隣では、林がスマホを弄り始めた。指の動きから見て、なにかゲームをしているっぽい。

大丈夫なのか、これ。

今日何度も浮かんだ疑問がまた頭を擡《もた》げ、俺の中の理性くんが『いやだめだろ、どう見ても』と言っている。そうだよなあ、これ以上関わるのはやめようかなあ……。

そう思いかけた時、雲井が「むぎちゃちゃん見たいです！」と言い出し、俺はいそいそとスマホをスワイプしてしまったのだった。

俺のスマホはむぎちゃだらけである。

なぜなら俺の守護天使だからである。

一応、俺の中の理性くんを総動員すれば『ただの親バカ猫信者』であることは自己認識できる。そしてもし、俺の知人に『ただの親バカ犬信者』がいたとして、愛犬の写真を大量に見せられたとしたら……最初のうちはまあいい、犬だって普通に可愛いと思っているし、ある程度つきあえる。それでもせいぜい写真十枚くらいだろう。なぜなら、『ウチの子超絶可愛いショット』は多くの場合、似たような写真になるのだ。飼い主にとってはディテールの違いがあり、すべて素晴らしきオンリーワン写真と思えるのだが、他者にとっては「これ、さっきも見たよね？」になるのだ。

わかっている。

理性ではわかっている。

そしておおむね、理性は感情に負ける。

結局、俺は雲井にむぎちゃの写真を何十枚も見せ、動画も複数見せ、可愛いです〜を百回くらい言わせた。その上、「相談に乗ってくれてありがとうございます」「幾ツ谷さんみたいに頼りになる人をほかに知りません」「ボクもいつか幾ツ谷さんみたいなクールなのに親切っていう、魅力的なギャップのある大人になれたらいいなあ……！」などという賛辞を浴びせられ、そわそわした嬉しさを押し殺しつつ「じゃ、次までにやってきてほしいのは……」などと自分から言いだす始末だ。

——りっちゃん、実はほめられると弱いよね。

カフェを出たあと、妻の言葉をしみじみ思い出す。

——たぶん、おじいちゃんとおばあちゃんに、いっぱいほめられて育ったからなんだろうねえ。根っこが捻《ひね》くれてないから、ほめ言葉をちゃんと受け取れるし。

また間違えた。元妻だ。俺よりずっと年下の杏樹。

——でも、そのわりにほめられてもあんまり嬉しそうにしないよね？　照れくさいからかな？　あんまりツンとしてると、だんだんほめてくれる人減っちゃうよ？　キャラ的にクール眼鏡設定でも、ほめられたらニコッてしていいんだよ？

実に今更ではあるが、杏樹は俺という人間を本当によくわかっていた。

確かに俺は、他人からほめられても嬉しそうな顔はしない。照れくさいのも多少はあるかもしれないが……実のところ、それ以上に「ほめ足らん」と思っているからだ。

さすがにこれを口に出せば、みんなが引き潮のごとく引いていくのは予測できるので、ふだんは心にしまっている。だがしかし、本気で思っている。ほめ方が足りない、もしくはほめ方が適切ではない、あるいは俺の心に響いてこない。

この点、雲井のほめスキルは優れている。

『ほめ』にためらいとブレがないのがすごい。人の心など読めないので、俺をほめる気持ちが本心かどうかはわからないし、そんなものわからなくていい。大事なのは、本心のように感じられることだ。

俺をほめる時、彼のきゅるんとした子犬アイズが逸らされることはない。自然体なのか磨かれたスキルなのかはわからないが、どちらにしても評価に値する。

俺は高学歴で難関資格を持っているため、よく「頭がいいですね」とほめられる。それに対して、平坦な口調のまま「そうですね」と返すことが多い。だって事実俺は頭がいいわけだから、そうとしか答えようがない。それは俺にとってほめではないのだ。

「いえいえ、そんな、私などぜんぜん」と謙虚なふりをするのは無意味な上、嫌味ですらある。仮に俺より高学歴な相手が……たとえば東大法学部を首席で卒業して弁護士やってます、みたいな人物が「私なんかたいしたことありませんよ」と言ったら、俺はイラッとする。

こういった話を杏樹にしたことがあった。すると彼女は、

――うーん？　人をほめるのって、べつに事実確認じゃないんだよねえ。頭がいいんですねとか、スタイルがいいですね、とか……たとえば初対面の人がそう言ってるのは、どっちかっていうと「よろしく、あなたと仲良くしたいと思ってますよ」くらいの意味じゃないかなあ。

そんなふうに言った。

――人って、ほめられると嬉しいもんね。でも、りっちゃんみたいにほめられても塩対応だと、「おべっかだと思ってるのかな」とか「メンドクサイ人だな」って思われて、みんなほめてくれなくなっちゃう。たくさんほめてほしいなら、もっとほめられた時に嬉しそうにしたほうがいいよ。そしたら、「あ、この人ほめたら喜んでくれるんだ」って思うじゃない？　ほめて喜ばれると、ほめたほうも嬉しくなって、だからまたほめてくれるようになると思うんだよね。

そうそう、そんなふうに話して……あの時、俺はどう返したっけ？

他人からどう思われようと関係ない、とか？　たぶんその手の、いわゆる可愛げのない返しをしたんだと思う。あの頃は「妻は俺をわかってくれている」という嬉しさと同時に、「妻が俺の性格を見抜いている」という事実に対して、ちょっとした悔しさがあった。あるいは怖さ？　自分の伴侶に理解されることに、なぜネガティブな感情を抱く必要があるのか……我ながら、人としての器が小さい。

妻に去られ、四十になり、風変わりなシェアハウスで訳ありの面々と暮らすようになって……以前より、杏樹の言葉が胸に届いている気がする。

まったくもって、俺はほめられるのが好きなのだ。

ほめられて、認められて、必要だと言われたいのだ。

そしてそれは俺だけではなく、日本人なら、いや人類なら、ホモサピエンスなら、ほとんど当てはまるはずだ。ほめというエサがないと動けないのかよと笑われそうだが、それがホモサピのスタンダードなんじゃないの？　などとも、最近は思ったりする。だからこそ承認欲求なんて言葉がはやるわけだ。

「寒ッ」

今夜は風が冷たい。

もう師走だもんなあと首を竦めつつ、早足で駅に向かった。結局カフェで俺はなにも食べていないので腹も減っている。最寄り駅で降りると、蔦屋敷までの中間距離にあるコンビニに寄って、おにぎりとおでんを買った。他人が握ったおにぎりは食べられないが、コンビニのは機械が作っているので問題ない。おでんは大根とつくねと牛すじにした。店頭で売っているおでんなので汁の濁りが少しあるが、許容範囲だ。

「ん？」

あと五分歩けば蔦屋敷という時、向こうから全力疾走してくる誰かが見えた。

街灯が多い区域なので、夜でもある程度その姿は確認できて……ショート丈のコートに、膝上スカートとロングブーツ……いや、ニーハイソックスとスニーカーか？　高校生くらいの年頃だろうか。ピンクのマフラーを靡《なび》かせて、なにかから逃げるような必死さだ。これは事件性アリなのかと、俺もつられて身構えてしまう。

女の子がどんどん接近する中、今度はその後ろから「幾ツ谷さん！」と俺を呼ぶ声が聞こえた。えっ、と思っているうちに、女の子を追いかけてくるのが洋だとわかる。

「そん子、つかまえてくださいッ！」

「えっ？　え？」

「そん子を！」

離島暮らしで鍛えられた、ほれぼれするような体格の洋だが足は遅かった。本人としては全力疾走のはずだが、絶対に追いつかないだろう。

どういう事情があるのかわからないが、うちの大家さんが言うのだから協力すべきだ。とはいえ、四十男が全力疾走の若い女子を強制的にストップさせるのは難しい。どうしても体当たりじみたことになるだろうし、そんな真似をしていいのかという迷いもあり、なによりあまりに突然の事態なので、俺の身体はオタオタしてしまう。

「き、きみ、待っ……」

「どいて！」

進路をふさぐように立った俺に、女の子が突進してきた。

どちらかというと細身の子だったが、結構な勢いで体当たりを食らわしてきた。俺は彼女を受け止めることもできずによろけて、危うく転びそうになった。持っていたコンビニの袋が大きく揺れて、おでんの容器からチャッポンという音がする。うわあ、おでんが、汁が、女の子が……。なんとか体勢を立て直し、俺が振り返った時、

「ひゃっ！」

女の子の短い叫び声が聞こえた。同時に、ドシッと人間同士がぶつかる音。そして繋ぎの作業着姿で、彼女をがっちり捕らえている男……。

「キヨ？」

「………ウン」

トモキヨコンビのノッポの方、美村紀宵である。彼は背がかなり高いので、一見細身の印象を受けるが、やはり肉体労働で鍛えたナイスなバディを持っており、デスクワーク人生の四十男とは安定感が違う。

「は、離して！」

「……？」

キヨが俺に疑問の視線をよこした。この子、どうしたの？　という質問だろう。だがそれは俺が聞きたいことでもある。

「あっれー、りっちゃん。なになに、どうしたの？　この子誰？」

やや遅れてトモもやってきた。そしてキヨを見て、

「こら、そんな強く摑んだら可哀想だろ」

と優しいことを言う。キヨはいくらか力を緩め、女の子はもう一度「離してよ！」ともがいたが、逃げられはしなかった。

「はっ……はぁ……みなさん……すんませ……」

ゼイゼイ言いながら、洋がようやく追いつく。

「そ、そんな子……小春さんの家に、おったんです……」

え、と全員が彼女を見た。

女の子は口元をキュッと引き締め、誰とも目を合わさないまま、黒いアスファルトの道路を睨《にら》んでいる。やや茶色がかったセミロングの髪はだいぶ乱れてしまっていた。手足が長く、読者モデルくらいはできそうな、なかなか可愛らしい子だ。

「わぇ……ほっぺちゃんのエサがのうなりそうやったけえ……小春さんのとこにあるやろかと見に行ったんです。ずいぶん前、緊急ん時に備えてと合鍵を預かっとったのを思い出して……ほんで、中に入って……ほいたら……」

この女の子が、いたそうだ。

「……離してよっ。べつにもう、逃げないし！」

女の子がきつい声を出し、キヨが洋を見る。我らの大家さんが頷くのを確認すると、キヨは彼女から手を離し、スス스と離れてトモの後ろに立った。女の子は苛ついた様子で、摑まれていた腕をさかんに摩《さす》る。

「……かんにん。痛かったのう。わぇが、捕まえて言いよったけえ……」

洋が謝ったが、女の子は下を向いたまま反応しない。

「誰ぞおると思うてなかったけえ、たまげてもうて……。あの、わぇはな、小春さんの近所に住んどる者です。わぇの大伯母がな、小春さんとげに仲ようしててな……ほうやけえ、うちに合鍵もあって……その……あんたさんは……」

「あ」

俺は刑事たちの話を思い出した。

小春さん宅の冷蔵庫。たくさんの食材。孫が来ているの、という発言……。

「もしかして、きみ、最近小春さんのところに出入りしてた？」

「…………」

返事はない。けれど、否定もない。

「で、ごはんとか食べてた？」

「…………」

「からあげだとか？」

「……っ」

女の子が顔を上げた。

充血した目には涙が溜まり、今にも溢れそ……あ、溢れた。喉奥からは嗚咽《おえつ》も零れ、洋が慌ててハンカチを差し出す。トモキヨはアーア、という顔で俺を見て……いや、俺悪くないよね？　ただ推察を述べただけであって……。

「お、おばあちゃ……っ」

彼女の涙は止まらない。

ポロポロと道路の上に水滴を落としながら、泣きじゃくる。

「おばあちゃん……い、息してなく、て……怖くなっ……に……」

逃げた、と言った。

逃げてしまったと。救急車も呼ばずにと。

そんなの最低だ、と。

4

「というわけで、ほっぺちゃん専任担当ができた。今後、ほっぺちゃんのお世話はアカリちゃんがしてくれるそうだ。以上、ご報告まで」

神鳴の部屋の入り口でそう言い終えると、俺は踵《きびす》を返そうとした。だが「ちょ、待って」とパジャマの袖を引っ張られる。

「なに。もう眠いんだけど……」

ちなみに現在、深夜一時を回っている。神鳴はどこぞの企業に招かれての講演会があり、アフターで接待を受けて、少し前に帰って来たところだ。

「眠いからって、説明をすっ飛ばさないでよ」

「マジで電池切れ寸前……今日は疲労困憊《ひろうこんぱい》なんだよ。起業したいのにIPOをわかってない学生にアドバイスして、女子高生に体当たりされておでん汁香るワイシャツを洗って、その女子高生……アカリちゃんは、小春さんの知り合いで洋と一緒に事情を聞くことになって、なんか色々……明日、洋から詳しく聞いてくれ」

「いやいや、僕は明日一限の講義だから、その子と朝イチで出くわすかも。もっと状況を把握しておきたい」

「もう寝たい……むぎちゃと寝たい……」

「必要最小限を箇条でまとめてくれればいい。あんたそういうの得意だろ？」

神鳴がしつこかったため、俺はすでにパジャマに着替えている脳細胞を駆使して、アカリちゃんに関する事項をまとめた。

「だからさ……。
①先月、家出中の女子高校生・アカリちゃんを、小春さんが家で保護した。
②アカリちゃんは十日間、小春さんと一緒に暮らしてた。ほっぺちゃんのお世話もしていた。
③アカリちゃんが外出中、小春さんは階段から落ちて亡くなった。ここまでいい？」
「うん」

「④戻ったアカリちゃんは倒れてる小春さんを見つけ、怖くなってその場から逃げた。自分は赤の他人で、なのに家に出入りしてるなんて不審だし、小春さんを階段から落とした犯人だと疑われるかも、とも考えたらしい。
⑤でも結局、どうなったのか気になって、様子を見にきた。渡されていた合鍵で中に入り、洋と出くわし、びっくりして逃げた。

⑥そんで、昨日から蔦屋敷でしばらく暮らすことになった。母屋のほうで。以上」
俺が素晴らしく端的に説明してやったというのに、神鳴は「⑤から⑥が飛びすぎだろ」と文句を垂れる。

「なんでその子がここで暮らすわけ？」

「洋がそうするって言ったからだ」

「そもそもなんで家出してるの、その子」

「家庭の事情っぽい。オデコに痣《あざ》があった」

虐待、とはっきり聞いたわけではない。だがとにかく帰りたくないと言い張るのだ。

「高校生なら未成年でしょ」

「本人いわく、もう十八歳だから未成年じゃないって。でもまあ、一応紙糸子さんが保護者に電話したよ。母親いわく『好きにさせてやってください』ってさ。母親が再婚して以来、義理の父親との関係がギクシャクしてるらしい」

「……だとしても……知り合いでもない子なのに……」

「そうだな」

俺が同意した時、部屋からにゃーんとむぎちゃの声が聞こえた。さっきまでよく眠っていたのだが、俺たちの話し声で目を覚ましたらしい。目覚めた時、そばに誰かいないとむぎちゃは鳴くのだ。さみしいよ、と訴えるように。

「おまえの時と同じだな」

俺の言葉に神鳴が一瞬、息を止めた。

その反応に俺がびっくりだ。こいつときたら、今の今まで、気がついていなかったわけか。あの少女は……アカリは、そのままかつての神鳴だ。行き場を失い、彷徨《さまよ》い、まったくの赤の他人に拾われるようにして庇護を得る——。小春さんと洋は、弥生さんと同じことをしているのだ。いや、今回のほうがまだわかる。ストレンジャーは若い女の子で、蔦屋敷には複数人が住んでいて、紙糸子さんやトモキヨだって頼りになる。弥生さんが神鳴を拾った時のほうが、よっぽどリスクが高かった。弥生さんは高齢者のひとり暮らしで、住まわせたのは成人男性だったのだから。

にゃーん。

またむぎちゃが鳴いた。俺は「じゃ」と言って、神鳴の部屋のドアから離れる。神鳴は黙りこくったまま動かない。

自分の部屋に入ってからもしばらく耳を澄ましていたのだが、隣室の扉が閉まる音はなかなか聞こえなかった。あの場に立ち尽くしたまま、なにを考えているのやら……多少気にはなったものの、睡魔には逆らえない。

俺はほんとにほんとに、眠かったのである。

むぎちゃは枕の上で香箱を組んでいて、俺を見ると「ミュッ」と短く鳴いた。

「はいはい、ごめんねー。遅くなったねー。でもそこどいてくれないと、お父さんは枕が使えないな……」

知ったことではない、枕は我のモノである。

つぶらな瞳がそう言っている。仰せの通りでございます、と俺は呟き、猫の乗った枕をズリズリと移動させてスペースを作り、そこにそっと横になった。

枕はなかったが、疲れていたのですぐに眠りに落ちた。

ふいに目が覚めたのは——いつのまにか俺の腹の上に移動していたむぎちゃが重かったせいだろうか。拾った時は怖いほど軽かったのに、いまやずっしりとその存在を感じる。ううう、寝返りを打ちたい……ともぞもぞしていた時、その声は聞こえてきた。

誰かが呻《うめ》いている。

はっきり聞き取れないが、短い言葉も発している。苦しげに、必死になにかに抵抗している……そんな感じだ。夜中の呻き声といえば締切前の紙糸子さんなわけだが、今夜は違っていた。声質がまったく異なっているし、聞こえてくる方向も違っていて……実のところ、誰なのかなどわかりきっている。

むぎちゃが腹の上でもぞりと動く。

「……うん、むぎちゃ、まただなあ」

魘《うな》されているのは神鳴だ。

互いの部屋を見るとわかるのだが、俺たちはベッドの位置がほぼ隣り合っている。蔦屋敷は古い建物だが普請はしっかりしており、隣室の音が丸聞こえなんてことはない。それでもこんな澄んだ空気の冬、あまりに静かな深夜ならば、いくらか漏れ聞こえるものだ。神鳴はきっと悪い夢を見ている。どういう悪い夢なのかも、ある程度予測がつく。

——なんかね、お菓子が届いたみたい。

数日前、紙糸子さんが言っていた。

——先生の大学の総務事務局に、高級和菓子が三箱も届いたんだって。差出人の名前は先生の父親だったけど、手配したのは間違いなく母親だろうって話してた。

もしこれが神鳴宛ての荷物ならば、受取拒否もできただろう。けれど宛先はあくまで総務であり、しかも報告を受けた時点で、高級和菓子の半分は事務員さんの胃の中だったという。ならばどうしようもない。

——事務員さんたちはすごく喜んで『いいご実家ですね』って……うおー、なんか話してて寒気がしてくるよー。じわじわ距離を縮めてきてる感じが怖いよねー。

今のところ、母親自身が大学に乗り込んで来たことはないらしい。だがそれもまた、いつでも来れるから……と考えるとあまりに不気味だ。

——こういう話をさあ、先生は笑いながらするわけ。

紙糸子さんはエナジードリンクのボトルを無闇に振りながら言った。

——今度出す本でも、帯で顔出しするじゃない？　あれだって以前なら絶対やらなかったはずだよね、母親に見つかったら大変なわけだからさ……。

だが今はもう、隠れていても意味がなくなったのだ。そのせいで、やや自棄《やけ》になっているのではないか……紙糸子さんはそんな心配をしているようだった。

帯の件については、俺も同じことを考えていた。

もう隠れても意味がない……それは本当だけれど、かといってわざわざ目立つ必要はないだろうに、なんで写真掲載など引き受けたのだろう。

あの母親が、また蔦屋敷《こここ》に来る可能性は高いと思う。

まったく諦めていないのは、毎日届く手紙の量からもよくわかる。ある意味すごいエネルギーだ。俺はどんな相手だろうと、毎日手紙を書く熱量など持ち合わせていない。その熱量に追いかけられ、つきまとわれた時、人はどれほど疲弊するのだろう。

壁の向こう、呻き声は続いている。

どんな夢を見ているんだろうか。子供の頃の？　あるいは近い将来に、母親が押しかけてくる悪夢？　俺は以前……初対面の時か……『他人を理解するのなんか無理だ』と神鳴に突きつけた。するとあいつはこう返してきた。

——あのねえ、『理解しろ』なんて言ってないの。理解に少しでも近づくため、『自分の知識や経験を参照して、相手の立場を想像してみよう』って話。

想像、か。

俺は他者の気持ちを想像するのが苦手だ。それが原因で妻に捨てられたくらいだ。

そんな俺なので、今の神鳴の状況のように『毒親の存在に苦しむ』感覚もあまりわからない。俺は三歳で父を、七歳で母を亡くしている。つまり『親との生活』を経験した時間が普通より少ない。祖父母が親代わりだったわけだが……たぶん祖父母は、両親のいない俺を憐れんだのだろう。今思えば、かなり甘やかされて育っている。性格的に多少癖があった俺は友達ができにくいタイプの子供だったが、それでも道を踏み外すことなく優等生でいられたのは自己肯定感が高かったからであり、その自己肯定感は祖父母のおかげといえる。ありがとう、じいちゃんばあちゃん。

では、親が生きていたらどうだったのか？　干渉され、口出しされ、思春期になれば反抗したりグレたりしたのか？　悪い友達と深夜のコンビニ前でたむろして、からあげや肉まんを食べながら、通りがかりの女の子をからかったりしたのだろうか。というか、最近の不良ってこういうのとは違う気がする。そもそもそこからわからないので、想像のしようもない。お手上げである。

つまるところ、残念ながら俺は神鳴を慰めたり、励ましたりはできない。

また声が聞こえた。魘されているというより、短く叫んでいた。

「ミャーウ」

眠れんではないか。と、むぎちゃが言った……たぶん。

俺は起き上がり、眼鏡を掛けた。

むぎちゃを抱っこして最近ゲットしたにゃパン柄スリッパを履く。

廊下に出ると、途端にひんやりする。むぎちゃが寒くないように大事に抱え込んで、
そうすると両手が塞がってしまい、しょうがないので頭突きで神鳴の部屋の扉を叩く。

トントンと軽く叩くつもりだったが、なにぶん頭なのでドンドンと響いた。あいつは起きていると思う。自分の叫び声で起きるというのはままあることだ。俺もそれは、試験に落ちる夢の時に経験した。

ほどなく、扉が少し開く。

「…………なに」

廊下の常夜灯に、幽霊みたいな神鳴の顔が浮かぶ。ひどい顔色だ。今ならば俺のほうがイケメンといえるのではないか。いや、でもお互い寝癖はすごい。

「貸してやる」

「ニャウ」

俺が恭《うやうや》しく差しだしたむぎちゃを、神鳴がしょぼついた目で見てる。こいつは眼鏡はかけていない。

「ありがたく受け取るがよい」

「……むぎちゃ……そうか、うちの子になるか……」

「ならない。今夜だけだ。寝返りでむぎちゃを潰すなよ？」

ぽすん、とむぎちゃが神鳴の腕に収まった。

愛猫《あいびょう》がいやがったら即返してもらおうと思っていたのだが、我が子は神鳴の胸当たりに頭をぐりぐり押しつけ、あまつさえグーグーと喉を鳴らし始めた。いささかショックだったが、俺は耐えた。もともとむぎちゃは俺以外の住人にもよく懐いている。それはむぎちゃにとってはよいことなのだ。

じゃあな、と俺は部屋に戻った。

神鳴のウンという小さな声が聞こえた。

あくびをしながらもう一度布団に潜り込む。壁の向こうからむぎちゃの可愛い声が聞こえないかなと、俺はしばらく耳を澄ましていたが、聞こえないまま寝入ってしまった。

たぶん、神鳴の魘される声も、もうしなかったと思う。

「休みなのにすまないな。あとでピザでも頼むから、たくさん食べてくれ」

俺がそう言うと、畳の上に胡座をかいたトモが「ピザかー」と肩を竦めた。

「俺、寿司がいいな。二丁目の魚波奈《うおはな》、出前してくれるぜ？」

率直なリクエストに、俺も率直に「予算オーバーだ」と答える。

「俺だって寿司をご馳走したいが、あとふたり若者が来るからな。……まあ、そのうちひとりはほとんど食べないと思うけど……それでも寿司は無理だ。寿司だとキヨが三人前食べるじゃないか」

俺の指摘に、トモが横できちんと正座している相方を見て、

「確かに、こいつは寿司を飲み物だと思ってるからなあ」

肩を竦めて言い、ニッと笑った。キヨは何度か瞬《また》きをしたあと「ちゃんと噛んでる……」と小さく返し、さらにトモを笑わせる。

クリスマスまであと一週間の日曜日である。

今日は、子犬ボーイと爬虫類ガール、もとい雲井と林がやってくるのだ。

不本意ながら断れていない起業相談の続きだ。ちょうどトモキヨたちも休みだというので、若くして起業した先輩たちに同席してもらおうと声を掛けた。俺は起業する場合の実務的手続きについては詳しいが、自分で起業した経験があるわけではない。トモキヨのほうが、具体的なアドバイスをしてくれるはずだ。

「けどさー、俺たちかなり特殊な仕事だろ。参考になるのかなあ。学生のうちに起業したわけでもないし……。その子たち、まだ大学生なのに起業しようなんて偉いよな」

「べつに偉くはない」

きっぱりと俺は言う。

「起業するだけなら誰にだってできる。極端に言えば、マイナカード持って税務署行って、開業届を出せばいいだけだ。問題はその事業を軌道に乗せ、利益を出し、継続させることなんだよ」

「そりゃそうだろうけど。でもそのふたり、見所があるから、りっちゃんだって協力してるわけだろ？」

いつのまにかトモまでりっちゃん呼びが定着してしまった。いまや蔦屋敷で俺を「幾ツ谷さん」と呼んでくれるのは洋だけである。ちなみにキヨはデータ外だ。まだ名前を呼ばれたことがないからである。そもそも、キヨはほとんど喋らない。

「むしろ逆だ。不安材料が多すぎて、放っておけない。男子のほうは、社交的ないい子ではあるけど……あの程度の知見と覚悟で起業したら、秒で立ち行かなくなるぞ。だから今日は、あえて苦労話も聞かせてやってほしいんだ。彼らに覚悟を促すのが目的のひとつ。ところでピザにパイナップルあるの許せる派？」

俺の質問にトモが「むしろ歓迎派」と答え、キヨも隣で頷いた。

えー、俺、酢豚のパインは許せるけど、ピザはなんかいやなんだよなー。チーズとパインという組合せが、脳内で混乱を引き起こしやすくて……Ｌサイズ二枚で足りるだろうか？

トモが俺の操作しているタブレットを覗き込む。もちろん画面はピザのメニューだ。

「パインはなくてもいいからさ、肉々しいのがいい」

「このサルシッチャうまそうだな」

「あ、このクリスマススペシャルってやつでもいいじゃん……うわー、あと一週間でクリスマスかあ……一年経つのが早すぎるよなあ……今年はみんなでメシ食ったりはムリかなー。俺たち仕事入るかもしれないし、洋は課題で大変そうだしなあ……。紙糸子さんも取材でどっか行くんだっけ？　去年はさ、紙糸子さんが締切明けですんごいご機嫌だったから、すきやきだった。あの超高級松阪牛うまかったよなあ、キヨ？」

キヨが目元で微かに微笑み、しみじみと頷いている。

俺もまた去年のクリスマスを思い出しかけ……慌てて頭から追いやった。だめだだめだ。思い出してはいけない。杏樹は俺がチキンを食べたがるのを知っていて、ちゃんとバーレルを用意してくれたこととか……テーブルに置かれた赤と緑のペーパーナプキンがクリスマスらしかったこととか……杏樹は料理が苦手だからグラタンは市販品だったけどわりとうまかったこととか……思い出してはいけない。

人はなぜ、『〜してはいけない』と思うと、それをするのか。

あの時、杏樹は赤いタータンチェックのワンピースを着ていた。少しクラシカルな雰囲気がとてもよく似合ってて、可愛くて、けれど俺はうまく伝えられなくて……。

――それ、見たことないけど買ったの？

なんてくだらない質問をして。……あの時、杏樹はなんて答えた？

――うん、ちょっと派手かな？　でもわりと着回しきくんだよ。

そんなふうに言ってた。そして俺は「へえ」くらいは返しただろうか？

今考えると、あの返答は一種の防御だったのかもしれない。俺は彼女が新しい服や靴やバッグを買うたびに「また買ったんだ？」と言う癖があったからだ。単に見たことがないから確認しただけだったのだが、そのたびに杏樹は微妙な表情になった。今ならわかる。彼女にはきっと、俺が『無駄遣いするな』と言っているように聞こえたんだろう。

それに……実際……少しはあったんじゃないのか？　服とかバッグとか、そんなに数が必要なのか、という考えがあったんじゃないのか？

バッカじゃねえの。

去年の俺にそう言いたい。そこは「似合ってるよ」だろうが。

「りっちゃん、遠い目になってるぞ。元妻とのクリスマスとか思い返してない？」

「……言い当てないでくれないか……」

「あ、やっぱり」

「我ながら非合理極まりない。覆水盆《ふくすい》に返らずとわかっているのに……俺はまるで、床に零れた水を、あわあわと素手で集めようとしている愚かな子供のようだ」

自省モードに入った俺がそう呟く。トモが「あー、こんな感じ？」と両手で床の水を集めるジェスチュアをした。

「確かに水は集まんないけど床がきれいになりそうじゃん。スクイージーほしいな？」

キヨに向かってそんなふうに笑いかけた。さすが掃除のプロの発想だ。そしてトモは笑うと非常に可愛い顔になる。もともとわりと童顔なのだが、さらに十歳くらい年齢が下がる感じだ。その笑顔をキヨが眩しそうに見ていた。

「そもそも、ふたりはどうして特殊清掃業を始めたんだ？」

俺の質問に、トモが「こいつがもともとしてたから」とキヨを示して答える。

「特殊清掃が得意な会社に在籍してたんだよ。その頃俺はまだ高校生でさ」

「可愛かっ……」

ぼそりと言いかけたキヨだが、「おまえは黙ってろ」とピシャリとされてしまう。トモはカワイイと言われるのが嫌いらしい。

「一応大学は卒業したけど、普通の会社員やるのはチガウかなーとか思ってて。しばらくは知り合いの仕事を手伝ったり」

「どんな仕事?」

「交渉屋」

まったく予想外の返答に、俺は思わず眉を寄せた。

「なんだそれ。昔多かった示談屋みたいな? 危なそうだな」

「んー、真っ当な職場だったし、所長もいい人だったよ。なんならバカがつくほどいい人だった。けど、仕事の内容は危ないのもあったなあ。そこに一年半くらいいて、そのあとキヨが清掃業で独立するっていうから、一緒にやるか、ってなって」

トモが相方を見ながら説明し、キヨはひたすらコクコクと頷いている。

「ま、俺たちは法人じゃないから、書類的なところは簡単だったし、キヨの前の会社が案件も回してくれたしな?」

なるほど、つまり事業を開始した時、彼らはすでにスキルも人脈もある程度あったということか。

「そうか……ふたりとも事業主だっけ?」

「いや。キヨが事業主で俺は従業員」

「なるほど。キヨのほうが年上だもんな。いばってるのはトモだけど」

俺の軽口にトモが「まあね」と笑う。だがキヨのほうは怖い顔で「トモはいばったりしない……」と不服そうだ。九頭身の美男子に睨まれると怖いからやめてほしい。

「冗談だって。きみらの仲の良さには感心してるよ。たまには揉めたりしないのか？　たとえば、利益配分とかで」

「経理はほとんど俺がしてて、キヨはチェックだけ。べつに揉めないよな？」

トモの問いかけに、キヨはコクンと頷き「トモは数字に強い」とパートナーをほめた。

「それだけ信頼関係ができあがってれば、共同経営もうまくいくよな……」

だが、あの学生たちは、どうだろうか。

雲井と林は幼馴染みだと言っていたから、長いつきあいではある。互いに気心は知れているにしろ、いい友達がいい共同経営者になるとは限らない。仕事が絡んだ途端、今まで気にならなかった相手の短所がどうしても許せなくなる……そんな事例はいくつも知っている。若者どころか、いい大人でもそうなのだ。

俺は座卓の上のスマホを見た。そろそろ来る時間だよなと思った時、
ぼふん。ぼふん。

襖が軽く震え、そんな音が聞こえてきた。俺たちは同時に音のほうを見る。ちょっと間の抜けたあの音は、襖をノックする音だ。ドアはノックするのがマナーだが、襖はノックしない。昔は常識だったろうが、襖自体が減っている今では知らない人も多いだろう。そして蔦屋敷で、それを知らないのはひとりだけである。

「はい」

俺が返事をすると、襖がじわじわと、十センチくらい開いた。

「……あの」

隙間から、アカリの顔が半分見える。

誰とも目を合わせず「隣で……ケージの掃除するあいだ……放鳥するから……」とぼそぼそ喋った。俺たちがいる座敷は八畳の客間で、ほっぺちゃんは隣の仏間にいる。このふた間は、襖を開けることでひと続きにもなるのだ。

「了解。じゃ、開けないようにするよ」

トモがフランクに返し、「あと、襖はノックしなくていいから。一声掛けるのがノック代わり」と教えた。アカリはビクリと反応して「ウチ和室とかなくて」と早口で言い訳をする。トモが「だいじょぶ。俺も大人になるまで知らなかったし」と笑顔でフォローすると、ホッとしたような顔になった。トモは確か二十六、七だったはずだが、中身は実年齢以上に大人だよなと感じることがしばしばある。

アカリはそれ以上なにも言わず、襖が閉まった。ほっぺちゃんの鳴き声が聞こえてくる。「ホッペチャーン、カワイーー！　カワイーネー！」とご機嫌トークだ。オカメインコがこんなに喋るなんて、ほっぺちゃんに出会うまで知らなかった。

「助かるよな。ほっぺちゃんの世話してくれて」

その点はトモの言うとおりだった。

正直、ほっぺちゃんのお世話はかなり大変だったのだ。鳥は繊細な生き物だし、慣れていない空間がストレスだったのか、一時は元気がなくなってしまった。エサもあまり食べず、どうしたものかとみな思案していた。

そしてアカリがここに来て十日ほど経ち……ほっぺちゃんはすっかり元気になった。彼女は小春さんから、オカメインコのお世話について直伝《じきでん》されていた。ほっぺちゃんの好きな餌、好きなおやつ、そしてひとりにされるのが嫌いなこともよくわかっていた。

現在、アカリは隣の仏間でほっぺちゃんと一緒に寝起きしている。

「けどなあ……人間相手にはまったく打ち解けない……」

俺が隣に聞こえないように呟くと「そこは大目に見てやりなよ」とトモが言う。

「家出したくなるような環境で、助けてくれた小春さんは突然死んじゃって、今はぜんぜん知らない人間の中で暮らしてるんだぜ？　そんな環境にすぐ馴染む女子高校生なんていないって。つか、大人でも男でも無理だろ」

「……まあ、そうか……」

アカリは家のことをあまり話したがらない……洋はそう言っていた。

日々アカリとやりとりしているのは、大家であり年齢も近い洋なのだ。わかったことといえば、母子家庭で育ち、比較的最近母親が再婚したこと。新しい父親は嫌いだ、とも言っていたそうだ。

「りっちゃんだって、ここに来た当初は俺たちとほとんど喋ってないじゃん。あ、先生とは最初から結構喋ってたけど」

「喋ってはいたが、仲がよかったからじゃない」

むしろ逆だ。相手のことが気に食わないので、それぞれ文句をぶつけるという、奇妙なコミュニケーションが成立していただけである。だがそのおかげで、俺は蔦屋敷に早く馴染むことができたような気も……いやいや、それよりむぎちゃが可愛かったことと、洋がとても親切だったことのほうが大きい。トモキヨもフランクに接してくれたし、紙糸子さんはズケズケ……ズカズカ……えー、フレンドリーだった。決して神鳴のおかげなどではない。

ノシノシと振動音が聞こえてきた。俺もトモキヨも、無意識に上を見る。階段を急ぎ下りてくるあの足音は、間違いなく我らが大家さんだ。

「ひゃあ、いけんいけん……幾ツ谷さん、ええですか」

すぐに襖の向こうから声がかかった。

俺が「どうぞー」と答えると、洋が慌てた顔を見せつつも、どっしりと正しい作法で廊下に跪座《きざ》している。そう、これぞ正しいマナー。襖は立ったまま開けてはいけない。

ちなみに俺はつい立ったまま開けてしまいがちである。

「すんません、お客さん来なさるて聞いとったに……わぇ、なんも支度せんで」

洋の頰には青い絵の具が少しついていた。二階の一室が洋のアトリエなのだが、今も課題の制作中だったらしい。

「大丈夫、場所だけ貸してもらえれば。ピザ取るつもりだし」

そう言った俺に、洋が「ほやけど、飲み物くらい」と立ち上がりかける。今度はトモが「ペットボトル買ってあるから平気だよ」と、畳の上のコンビニ袋を示した。

「ほうですか……すみません……」

責任感の強い若き大家さんに謝られると、俺のほうが恐縮してしまう。

「いや、こっちこそごめん。制作中なのに。どう？　進んでる？」

色とりどりの絵の具のついたデニム地のエプロンをつけた洋は、俺の質問に珍しくしょげた顔を見せ「いけんですなあ」と弱音を吐いた。だめですねえ、という意味だ。そして部屋に入ると、きちんと正座して説明を始めた。

「さんざんスケッチして、ようやっとモチーフを子供に決めたんですが……描き始めたら、なんやこう……なにやら違《ちご》てて、ことのすんならん……」

「ことのすんならん？？」

「あ、使い物にならない、いう意味です」

洋の言葉の九割はわかるようになった俺だが、今でも時々謎めいた言葉が出現する。

「俺が見せてもらったスケッチ、すごくいいと思ったけどな」

トモがあぐらの脚を、左右入れ替えながら言った。

「ほら子供が泣いてるやつ。公園で描いたって言ってたっけ？」

「はい。転んで泣いとる子が、よいよ可愛《かい》らしなぁと……。あ、すぐにお母さんが助け起こしてました」

　俺はそのスケッチを見ていないので、どういう絵かはわからない。けれど以前、洋のクロッキー帳を見せてもらった時には、かなり驚いた。美術に関してはまったくの素人な俺が見ても、一目瞭然のうまさだったのだ。クロッキーというのはデッサンより短い時間で描くものだそうで、最小限の線でササッと、あっというまに描くわけだが、それだけに対象を捉える力が如実に出るのではないか。クロッキー帳の中には、あくびをしているむぎちゃの絵もあった。くあーん、という声が聞こえてきそうで、俺は思わず唸った。なるほど、弥生さんが洋を美大に入れたくなったのがよくわかる。

「じっさい、あの泣いとる子でキャンバスに描き始めたんです。けど、描き進めるほどにしっくりこないいうか……」

　悩めるアーティストが首を捻っている。気の利いたアドバイスのひとつでもできればいいのだが、確定申告についてならともかく、アートに関しては完全に門外漢の俺だ。

「技術的にヘタなんは、わかっとることです。ほやけど、たぶんそういう問題やなく絵の中の、どこに集中したらええのかわからんいうか……ああ、うまく言えん……」

「人物画の課題なんだよな？」

トモの問いに「ほうです。課題は人物画、テーマが『感情』」と答える。

「感情、かあ。なら泣いてる子供とかピッタリだと思うけどなあ」

トモはそう言ったが……あれ、ちょっと待てよ……。俺はある事に気がつき、洋を見て言う。

「そのテーマだと、ダメじゃないか？」

え、と洋が目を軽く見開いた。トモは呆れ顔になって「またまた、りっちゃんはぁ」と俺を軽く睨む。

「金には詳しいかもしれないけど美術のことは全然知らないくせに。どうせマネとモネの区別もつかないんだろ？」

「それくらいは知ってる。印象派だろっ。笛吹いてる男の子の絵だろ！」

印象派は美術の筆記試験で出てきたから覚えているのだ。

「そうそう。それがどっち？　マネ？　モネ？」

「モ……マ……モネ！」

はぁ、とトモが溜息をつく。

「マネだよ。モネは睡蓮《すいれん》たくさん描いたほう」

「どっちだっていいじゃないか！」

「よくないだろ」

「あのー、幾ツ谷さん……テーマがダメいうのはどういう……」

洋は俺の意見に耳を傾けてくれるようだ。

「つまりさ、テーマとモチーフが一致しないいんじゃないかと思ったんだよ。確かに俺は美術のことなんてわからないし、ドラえもんですら描けない。以前トライしてみたらふなっしーだって言われたぐらいの画力だ」

「え、むしろ見たい」

「トモ、ちょっと黙ってて。だから美術云々じゃなくて、話の筋としておかしいって話だ。テーマは感情なんだよな？　だから感情を表してる絵じゃないとダメだろ？」

「ほうです。おっしゃるとおりです」

「なら、泣いてる子供じゃダメなんじゃないかな」

「泣くというんは……強い感情やと思うたんですが……」

「でも、泣くこと自体は感情じゃないよね」

だからさあ、とトモがまた割り込んできた。

「その子だって何か悲しいことがあって泣いてるわけだろ。ならちゃんと感情があるわけで、それをモチーフにするのは間違ってないよ」

「悲しくて泣いてるわけじゃないだろ」

言いきった俺に、トモが「またまた、その場にいたみたいに言うし」と肩を竦める。

「いなかったさ、その場には。でも今さっき、洋ははっきり言ってたじゃないか。転んで泣いたって」

言葉もないまま、洋が息を吸い込む音がした。トモも口を開けて「あ」と言う。その隣のキヨは俺を見て頷いた。だね、というニュアンスで。

「なら、悲しかったんじゃなくて痛くて泣いてたんだよ。それは感情っていうより感覚だよな？　この場合痛覚。痛くても人は泣くから。俺もこのあいだ、足の小指をドアの角にぶつけてちょっぴり泣いた」

ふしゅう……と、洋は吸ったきり止めていた息をようやく吐き「たしかに」と呟く。

「それ、です……それがわぇン中で……引っかかってたんやと思います……なんなァ、わぇはとひょうもないアホやなあ……ほうや、あん子は痛いから泣きよったんや……わぇが描きたいんはそういう顔やない……」

言いながら立ち上がり「やり直さんと」と言った。

「えっ、全部やり直すのか？　えーと、その子供が実は悲しいことがあって泣いてる、と自分に言い聞かせて続きを描くとか、だめなの？」

損失を最小限に抑えるための俺の提案は、言い方を変えればとてもせこい。

そしてうちの大家さんはせこいとは対照的な人物なのである。

「わぇは器用じゃないき、自分で物語を創って描くのはようせんのです。そこにあるものをそのまま描くしかできん……。けど、おもしろいんは、わぇはそのまま描いたつもりなのに……」

絶対にそうはならない、と洋は言った。

どんなにそのまま描こうとしても、どうしても変わってしまうと。自分というフィルターを通すと別のものが出現する、それがとても楽しいと語った。

「幾ツ谷さん、ありがとうございます」

晴れ晴れとした声とともに、正座のまま洋が丁寧に頭を下げる。俺は慌てて、自分もハハーッという感じで礼を返した。

「スケッチからやり直します！　はー、なんやスッキリしました！」

「いやいや、お役に立てたならよかったよ」

「いったんアトリエを片づけて、散歩にでもいってこーわい」

「うん、そうするといい」

いってこーわい、は『行ってきます』の意味である。ちなみにいんでこーわいは『帰ります』になるらしい。リスニングが難しい……。

再び襖を開けた洋が「あれ、アカリちゃん、そっちにおったんや」と言った。

アカリが廊下側から出てきたようだ。小さな声で「うん……」と返すのが聞こえる。

放鳥タイムは終わったらしい。

「ほっぺちゃんのお世話、ありがとうなあ。でかけるん？」

「……コインランドリー」

「洗濯？　うちでしたらええよ」

「でも」

「母屋の洗濯機はいつ使うてもええし、蔦屋敷のほうなら乾燥機も揃うとるよ。案内しようわい。そしたら幾ツ谷さん、お客さんのほうはよろしゅう頼んます」

俺が「うん」と返事をすると、襖が閉まった。そして廊下から「コインランドリーでいい」「お金もったいないやろ」「いいって……」「自慢の洗濯室やけえ。ほらほら、そのサンダル履いて」「ちょ……、うざいんだけど……」「うざくてもかまん。乾燥機、ふんわり乾くで。こっちこっち」……そんな会話が、次第に遠ざかっていく。

ううむ、強い。

うざいと言われても平然としている洋を俺は尊敬してしまう。

ふたりはひとつしか違わないので、洋からしたら妹のようなものだろう。アカリを気にかけ、なるべく言葉をかけるようにしているのがわかる。アカリはほとんど部屋に閉じ籠もっていて、誰に対してもよそよそしい。食事も部屋に持っていってひとりですませるし、風呂に入るのも誰も母屋にいない時だと聞いている。

「りっちゃん、珍しくいい指摘だったよー。そうだよなー、確かに転んで泣くのは痛いからだわ」

トモにほめられ、「まあな。不合理がそこにあると、どうしても気づいてしまう特性があってな……」と俺はちょっといい気になる。

「あとから、そのままごまかせばいいのにって言い出したのはサイテーだけど」

「えっ……普通にそう思ったんだが……せっかく描いたのに、もったいないだろ。費用対効果を考えれば……」

「芸術家は費用対効果考えないの」

トモは早々に呆れ顔に戻ってしまう。芸術は俺にとって難しすぎる分野だ。美しさや感動は金銭に換えられない……その感覚は理解できる。俺だって、心に迫る作品を観た時に、その価値をいちいち算盤《そろばん》に載せたりはしない。だが一方で美術品にも市場はあり、時にとんでもない高価格で取引されている。市場経済社会ではあらゆるものが金に換算されるのだ。

そんな市場経済に参入しようという若人たちが、まだ来ない。遅い。もう約束の時間を三十分も過ぎてるぞ。タイムイズマネーだというのに。メッセージを送ったが既読もつかない。痺れを切らした俺は、蔦屋敷の前の道路まで出てみた。するとちょうど、焦った様子で小走りになっている雲井と、そこからやや遅れて歩く林が目に入る。

「幾ツ谷さんっ、すみません、遅れてしまって……ほら、リンリン早く」

いつもおっとりしている雲井だが、さすがに林を急かしていた。林はいくらか歩みを早めたものの、走ることはない。俺と一瞬目が合ったが、すぐに視線を外してしまう。この子、社会に出てから苦労するぞ……。

「本当にすみません。あの、ちょっとリンリンが寝坊を……」

俺が林を見ると、さすがに小さく「……み……せん……」とかろうじての謝罪をする。だがやはり下を向いたままで、今日もディスコミュニケーションオーラがすごい。貞子《さだこ》みたいな髪が寒風でホラー映画のように乱れる。

「遅れたのは仕方ないとしても、連絡はできただろう？　今日はきみたちのためにあとふたり、時間を割いてくれてるんだから。これがビジネスの場だったら、信用を失うことになる」

「本当にすみません……」

しょげた白ポメくんの、だらりと下がったシッポが見えるようだ。俺は溜息ひとつのあと「ま、とにかく入って」とふたりを敷地内に招き入れる。

「俺が住んでるのは向こうの建物だけど、今日は日本家屋の部屋を借りてるから」

雲井は「はい。本当にすみませんでした」と再度謝る。それから、周囲を眺めながら「このあたり、久しぶりに来ました」と言い出す。

「このへん、知ってるのか？」

「ボク、小四まで駅の反対側に住んでたんです。でも、こんな雰囲気のあるお屋敷があるなんて知りませんでした……」

「そうなんだ。俺は最近引っ越してきたから、まだこのへんに詳しくないんだよ」

「父が転職して、今の家に引っ越して……。わあ、すごい蔦……ドラマや映画に出てきそうです……！　こんなシェアハウスに住んでるなんて、いいなあ」

「もともと伯母がオーナーだったんだよ。亡くなった時、相続の件で連絡が入って、その縁でここに住むことに……」

「えっ、じゃあ今は幾ツ谷さんがオーナーさん……うわあ、ますます羨ましいです！」

違う。俺はオーナーではない。

相続する気満々だったが、見事な肩透かしを食らったわけであり……だがそのへんを訂正してると長くなる。ためらったタイミングで、

「なんか、幾ツ谷さんって、なんでも持ってるんだなあ」

としみじみと雲井が言った。

「公認会計士で、頭よくて、クールで、でもボクらみたいな学生の話に耳を傾けてくれて、不動産まであって……。まさか、美人のパートナーまでいたりしませんよね？　そんなの、さすがにスペック盛りすぎですよ」

出た、雲井のハイスキルなほめ……！　こういうセリフを、真顔で、真っ直ぐな視線で、剛速球のストレートで投げてくるのである。

ああ、久しぶりのこの感覚……俺のスペックを羨ましがられるこの感じ……なんと気持ちがいいのだろう。

学生時代、成績のいい俺を妬《ねた》ましげに見ていた連中、公認会計士試験に最短で合格した時、こっちを睨んでいた予備校の連中、そしてなにより結婚式だ。ひとまわり年下の可愛い妻をもらった俺への、男どもからの羨望の眼差し……思えばあれが俺の人生のピークであり、あとは坂を転げ落ちるがごとく……おっと危ない、ネガティブモードに行きかけてしまった。

「いや、俺なんかたいしたことないよ。独身だし」

そう、今は独身である。嘘は言ってない。離婚したことをわざわざ告げる必要もないだろう。ついでに蔦屋敷の権利者であるという誤解も、なにやらそのまま流れてしまったが、わざわざ蒸し返して説明するのも面倒くさい。

「この歳でシェアハウス暮らしをするとは思ってなかったけど、まあ新鮮だね」

「幾ツ谷さんは思考が柔軟ですよね！」

「ひとりで静かに考え事をしたい時なんかは、多少煩《わずら》わしいが……でも、猫の世話で手を借りられるのはありがたい」

「はい！　ニャンコにとって理想的な環境だと思います！　茶トラって大きくなる子が多いらしいんですけど、きっとむぎちゃちゃんもすくすく……」

雲井の言葉が途切れた。

母屋はもうすぐそこなのだが、突っ立ったままで、あさっての方向を見ている。

俺も視線を巡らせた。そして気がつく。アカリがシェアハウスから出てきて、中庭を横切っているのだ。洗濯を終えたのだろう、大きな籐籠《とうかご》を持っていた。洋はおらず、彼女だけだ。

冬晴れの光は強い。

その日射しの中、少し茶色くした髪をキラキラさせ、通りすぎて行く。その姿を、雲井が呆《ほう》けたように見つめている。瞬きもせずに。

洋に借りたのだろう、ぶかぶかの白いフーディーと、ジャージ。その上は半纏《はんてん》という格好でも、頭が小さくてスタイルがいいのがわかる。化粧などはしていないと思うのだが、もともとはっきりした顔だちで、とくに横顔がきれいな子だ。

彼女も俺たちに気づいて立ち止まる。

俺と林はすでに母屋の玄関前にいて、雲井はまだ中庭で棒立ちだ。

「アカリちゃん？」

アカリも母屋に戻りたいはずだと思って声をかけたのだが、くるりと踵を返した。

俺たちを避け、勝手口へと回ることにしたらしい。早足でそのまま歩き去り、雲井はまだその後ろ姿を見つめている。

……えっと。

これはアレか。アレなのか。フォーリンラブっていうやつか。

うわあ、青春映画の一場面みたいだ。画面が全体的にちょっと白っぽく光って、フォーカスがファジーになって、細かな光がキラキラ舞う演出の、あの瞬間なのか……！

目撃してしまった俺のほうがモジモジしてしまいそうだ。ちくしょう、若いっていいなあと一瞬思ったが、俺の若い頃にはそういうことは一切合切なかった。つまり年齢差ではなく、個人差である。そんな結論を得て玄関に視線を戻した刹那……見てしまった。

青春映画から一転のホラームービー。

林が雲井を見ている。

やっぱり俯きがちで、すだれのような黒髪の間から、上目遣いで凝視している。

林から放出される負のオーラ――それが『嫉妬』なのは、他人の感情に疎《うと》い俺にとってすら、あまりに明白だった。

5

ラジオか有線か、はたまたサブスクサービスか、なにからなのかわからないが、音楽が流れている。たぶん最近のアーティストによるクリスマスソングだ。アコースティックギターによく合う優しい声が、店内の湯気に包まれて流れる。

「若いうちはどんどん失敗して経験を積め、みたいなこと言うオトナがいるだろ？」

俺は隣を見ないまま、そう聞いた。

「いるね」

隣の神鳴も俺を見ることはないまま、そう答える。

「あれ、どう思う？」

「経験値になる失敗ならいいけど、そうじゃない場合は危険」

神鳴はカウンターに肘をつき、スマホを弄っている。俺はプラスチックのウォーターピッチャーを引き寄せると、やはりプラスチックのコップに中の水を注ぎながら「だよな？」と話を続けた。

「失敗しないに越したことはないよな？　それでも失敗のない人生はないから、誰でもやっぱり失敗するわけだけどさ。なら、最小限の失敗ですむ計画を立てるべきだ」

「そのとおり。失敗を経験値にしたいなら、事前準備が大事だ」

「だろ？『若いんだから勢いで行け！』みたいにけしかけるオトナ、あれはどうかと俺は思ってる。顔から転べって言ってるようなもんだ。その転びかたが糧《かて》になるタイプもいるだろうけど、逆に二度と起き上がれなくなるタイプだっているのに。時には『やめておけ』と言う勇気も必要だろ？」

そう語る俺に向かって、カウンターの向こうから「ウェーイ、白醤油煮卵追加っす～」という声とともに、ラーメン丼が出てきた。

「言えばいいじゃない、『やめておけ』ってさ」

続いて神鳴のほうに「ウェーイ、黒醤油叉焼《チャーシュー》マシマシっす～」と丼が出てくる。ちなみにこのウェーイは、店員がパリピなわけではなく、「はいどうぞ」のニュアンスで使われている。場合によっては「かしこまりました」「大丈夫です」などの意味にもなるウェーイなのだ。

「白醤油のほうがうまいのに」

と、俺は割り箸を構える。

「黒醤油のコクが理解できないとはね」

と、神鳴が胡椒をかけている。……ちょっと、おい、どんだけかけるんだ。胡椒の粒子が隣の俺のほうにまで飛んできて、突発的にくしゃみが出てしまった。一応顔を背けて「へっくしょん！」した俺を、神鳴が「汚いな」と白い目で見る。

「おまえの胡椒のせいだろうが！」

「そもそも、起業する学生の面倒を見るとか向いてないんだよ、あんた」

「なにを言う。俺はメンターとしての評価も高いんだぞ」

「それはあくまで仕事の……続きは食べてからにしよう」

「うむ。ラーメン＞議論《だいなり》だな」

意見が一致して、俺たちはラーメンに全集中した。

ふたりでラーメン屋のカウンターに並んでいるとまるで仲良しのようだが、偶然出くわしただけである。このラーメン屋は俺のお気に入りで、それは美味いからであり、つまりは人気店なので神鳴も通っているわけだ。今夜はたまたま店の前で神鳴と遭遇してしまった。人気の店なので十五分ほど並び、そのあいだに喋っていたら、店側が連れだと勘違いして、並び席に案内された。

「「ごちそうさん」」

俺たちはほぼ同時にラーメンを食べ終わった。各自で会計し、「ウェーイ、あらったしたぁ～」という挨拶に送られ店を出ると、「「寒っ」」と同時に首を竦める。

「その学生たちに言いなよ。起業なんかやめておけ、向いてないって」

歩き出した途端、神鳴が話を戻す。

「……トーストとろりんにゃん、もらっちゃったんだよな……」

チャリン、とポケットからキーホルダーを取り出して、神鳴に見せる。俺はお気に入りグッズは実用&愛用しまくる派だ。

「え、にゃパンシリーズ？　レアグッズにつられたのか。……二個ないの？」

「ない。粘り強さが大事とか……まず自分を味方にしろとか……なんかそういうことも言ってしまった記憶がある……」

「はあ？　引き際も大事だし、自分の敵は自分でしょうが」

「そんなことはわかってる……だが、なんつーか、こう……やる気のある若い芽を摘むっていうのは大人として……」

「あんたまさか、やる気があればなんでもできるとか思ってないよな？」

神鳴に詰問され「まったく思ってない」と即答した。

「とくにビジネスはやる気だけではどうしようもない。やる気と実力と環境、これらが揃ってようやくスタートだ。ここに運が加味されて、成功したり失敗したりする。つまりそれがビジネスというものだ」

「ちょっと。なに経済学准教授に講釈垂れてんだよ」

「センセイ、事件は講義室じゃなくて現場で起きてるんですよ。それに、これって経済学っていうより経営のハナシだろ」

「まあね。僕らはもっと大きな視座で経済を考えてるんでね。で、その学生たちってのは、そんなにひどいわけ？　そもそもどんなビジネスモデルなわけ？」

ひゅるり、と風が耳の下を通り抜けていく。肩を竦めて鼻までマフラーに埋めると、メガネが少し曇った。絶対に曇らないレンズはいつ発明されるんだろう。

「顧客とペットシッターをアプリでマッチングする事業。マッチングが成立したら手数料が発生する」

「それって、もうありそうだけど」

「そう。ある。後発組ってだけでも不利なのに、ほかにも問題点が複数ある。色々言うときりがないけど、一番不安なのは……利益に無頓着なところだな」

「スタートアップ当初に利益がでないのは珍しくないだろ？」

「そりゃ、まだ世界の誰も考えたことのないテックで大きく勝負に出ようっていうなら、数年の赤字は織り込み済みだよ。投資家だってそこは承知で金を出すんだし。でもあの子たちの事業内容じゃ、そういう大きなビジネスにはならない。Ｊカーブなんか描けるはずもない」

「要するに、スモールビジネスにすべきってこと？」

「そう。適切な規模で、堅実な計画を立てる。そして早いうちに利益を出せるようにしないと、あっというまに資金ショートでジ・エンドだ」

「そのへん、ちゃんと説明すればいいじゃない」

「してる。何度もしてる。でもなんというか……『わかりました！』という返事はいいんだけど、届いていない気がする……何度直させても、事業計画書に夢はあるが、現実味がない。マーケティングコストの計算は甘いし、税金のこともほとんど考えてないし、シッタースタッフをどう集めるかも……あぁ……しかも……しかも……」

「なに。まだあるの」

「人間関係のイザコザが発生しそうな気がする……」

「わー、サイアクー」

あははは、と神鳴が笑いながら言いやがった。まるで他人事《ひとごと》のように……というか、たしかに他人ごとなのだが。

「仲間を集めて起業したはいいけど、結局内輪で揉めてバラバラに、ってのはよく聞く話だよねえ。そのふたり、友達なんだっけ？　恋愛関係ではない？」

「幼馴染みと聞いている。今までずっとそのスタンスだったはずなんだが、いやな予感がしてて……女子のほうは友情以上なんじゃないかと思うんだよ……コミュニケーションスキルはゼロに近いけど、プログラム書ける子だから必須人材なんだ」

「男のほうは彼女に興味ないわけ？」

「すごくフラットに接してる。見てる限りは、信頼してる幼馴染み、だなあ。……でもその男子が蔦屋敷に来たときさ、アカリちゃんをすんごい見てたんだよ」

「あー、きれいだもんね、あの子」

アカリの姿が消えると、雲井は「あの、今の人もここの住人ですか？」と尋ねてきて、俺は「まあ、一応」とぼやかして答えておいた。雲井もそれ以上は聞かなかったが、どこかそわそわして、集中力を欠いていたように思う。

「一応確認しておいたほうがいいんじゃないの？　プライベートな問題ではあるけど、共同経営者と色恋沙汰で揉めるとか、最悪だからね」

「同感だ。それ以前の経営能力だって不安だらけなのに」

「トモキヨにも会わせたんだよな？　彼ら、人を見る目があるぞ。まあキヨは喋らないからあれとして、トモはよーく人を見てる。自分の観察結果にバイアスがかかるってこともわかってる。地頭がいいんだな。なんて言ってた？」

「……猫が好きなのはすごく伝わってきたし、動物愛護の観点から社会を変えたいっていうビジョンもわかるけど……」

——なんつーか、もうちょっとガツガツしたほうがいいっていうか。

面談のあと、トモは俺にそう言っていた。

──あの子、雲井くん？　素直でいい子だと思う。すぐに「わあ、すごいです」って感心して、ほめてくれるだろ？　べつにお世辞ってわけではなさそうだし、人を素直にほめられるのも才能だし。……ただ、その「すごいです」で考えが止まってる感じがする。俺とキヨがしてることはさ、べつにすごくないんだよ。ただの仕事だ。仕事として、やらなきゃいけないことをやってるだけ。そんなのあたりまえじゃん？　あたりまえのこととして、日々続けるのが仕事ってやつだろ？　違う？

違わない。至極ごもっともな意見である。

彼らの仕事……特殊清掃は体力的にも精神的にもきつい仕事だ。だからこそ対価として一般清掃より高額を受け取っているのだし、そもそも強制されてやっているわけでもない。そういう意味では、トモのいう通り『ただの仕事』である。

──俺はさあ、スタートアップとかベンチャーとかイノベーションとか？　そういうのよくわからないんだけど、社会的に認められるような『なんかすごいこと』がしたいなら、俺たちに話を聞いても時間の無駄なんじゃね？

そんなふうにも言っていた。ちなみにキヨはいつものとおり黙ったまま、時々トモの言葉に頷くだけだった。

──あとさ、相棒のほうの女子、あの子大丈夫か？　まるで置物だったぞ。キヨだってもう少し喋るぞ？

そうなのだ。キヨは「ン」とか「だね」くらいの相槌《あいづち》は打ってくれるが、林は結局一言も喋らなかった。かろうじて最初と最後に会釈があっただけだ。

俺がひととおりのことを話すと、神鳴は「フーン」と眼鏡のブリッジを上げたあと、

「トーストとろりんにゃんは返して、手を引けば。起業はまだ早い、一年後にもう一度計画書を見せに来い、でいいじゃない」

と言った。

「……だよな。まだ未熟すぎる。きっぱり引導渡さないと……。でもトーストとろりんにゃんは返さない。一度もらったものだから」

「あんたはどうしてそう………」

ふいに神鳴の言葉が止まった。

その視線の先を見て、俺もぎくりとする。結構離れていたし、ちょうど街灯の途切れている場所だったから、はっきり見えたわけではない。

和服の女性。

後ろ姿だから顔は見えない。着物用のコート……ケープ？　よくわからないが、そういうものを着ていた。明るいグレー、あるいはベージュか、夜道にほわりと浮かぶ色合いだ。小柄で、たぶん若くはなく、ちょうど神鳴の母親くらいの……。

先の角を曲がり、その姿が消える。

「……ぐ」

神鳴があげたのは、声というより喉奥からの唸りだ。どうした、と俺が声を掛けるより早く、よろけるように道の端に移動して嘔吐《おうと》する。

あーあ……食べたばかりのラーメン……。

俺はすぐに神鳴に駆け寄り、その背中を摩りながら「大丈夫か、いいよ、ぜんぶ吐けば楽になる」と言……ったりはしない。言うわけない。そもそも駆け寄らない。むしろ数歩後ずさり、距離を取り、風の流れを意識して臭いの届かない場所を確保し、神鳴が吐き終わるのを待ってから、

「おーい。ティッシュいるかー？」

と聞いた。だが返事はない。しょうがないなあとさらに待っていると、やがて「……先に帰って」と声がした。

「え。それはあとから外聞が悪いからいやだ」

「いいから……帰りなよ……もう平気だ」

「もう平気なら一緒に行けばいいだろ」

「あんたがいても役に立たない」

「介抱はできない。俺はもらいゲロをしやすいんだ」

「だからもう……」

「あー、水くらいなら買ってきてやる。そこに自販機があるし。待ってろ」

優しい俺は急いで水を買ってきて、恐る恐る神鳴に近づいた。もとはラーメンだった物を見ないように顔を背けて「ほら水」とペットボトルを差し出す。神鳴はそれを受け取りながら「ほんと、感心するほど感じ悪いな……」と呟き、口を漱《すす》いだ。

「なに言ってる。俺の親切心はいまフルスロットルだ」

「……道に吐いたらどうしたらいいんだっけ……？　軽犯罪だっけこれ……？」

「体調不良なんだからしょうがないだろ」

もしかしたら片づけるべきだったのかもしれないが、今は道具もないし、なによりまだ神鳴が真っ青だった。とにかく一度帰らなければと、俺は神鳴に「ほら、行くぞ」と声を掛ける。蔦屋敷はもうすぐそこだ。

神鳴がふらふらと歩き出した。

俺はその横で、けっこうギリギリなのかなあ、と思う。

さっき見えた和服の女性が神鳴の母親だったとは限らない。たぶん別人だ。洋に教えてもらったのだが、この近所にお茶の先生がいて、弥生さんとも親しかったそうだ。茶道の稽古がある日は、和装の人だっているだろう。それを考えると、まったく関係のない人だという可能性のほうが高い。

そうなのだ。考えればわかる。

けれどいつも、感情は思考より先にやってくる。電光石火の勢いでやってくる。思考を理性と言い換えてもいいだろう。スピード勝負では、理性は感情に勝てるはずがないのだ。だからしばしば人間は、信じられないような失敗をやらかす。そしてその人の、その瞬間の『感情』を知らない他人は「なんでそんな馬鹿なことをしたんだ」と嗤《わら》ったりもする。

「専門家に診てもらったほうがいいんじゃないのか」

俺の提案を神鳴は「へえ、心配してくれるの？」と茶化した。

「隣の部屋の人間が病気なら、そう提案するのが普通だろ」

「病気ときたか」

「過度のストレスは病気に繋がる」

「ならむぎちゃを毎晩貸してよ」

「お断りだ」

俺は本気で専門家に相談すべきと思ったが、かといってそれを押しつけることもできない。こんな具合で話を流されてしまえばそれまでだ。あるいはもっと食い下がるべきなのか？　いやいや、そんなのうざいだろ。たまたま隣人となったけれど、半年前まではまったくの他人だ。いや、そこまで突き放して考えるのはよくないのか、一応こいつは洋の後見人的な立場であり、そして洋は俺と親戚なわけで……。

ああもう、面倒くさい。

人間同士の距離感って面倒くさい。答えが存在しないから面倒くさい。解を求める方程式でもあればいいのに。もうやめよう。こういうことは考えるだけ無駄である。

神鳴は口を噤《つぐ》んでいて、俺も黙って歩いた。

俺は自分の部屋に戻る前、必ず母屋に寄る。むぎちゃを迎えに行くためだ。日中、むぎちゃは母屋の中で自由にすごしているが、今はほっぺちゃんがいる部屋……つまりアカリが使っている仏間にだけは入れないようにしてある。むぎちゃがどれほど天使でも、鳥にとっては捕食者になり得るのだ。

「ただい……」

「いいじゃんべつに！　もう使ってないモノでしょ！」

玄関で聞こえてきた大声にびっくりした。外にいた神鳴にも聞こえたのだろう、「なにごと？」と入ってくる。

「アカリちゃん……そういう問題とちがうやろ」

「なら、警察に行けばいい!?　私は泥棒しましたって、言えばいい!?」

「アカリちゃ……」

「恩知らずって、突き出せばいいじゃん！」

「はいはい、そんな大きい声出さない」

廊下で俺を追い越して、先に部屋に入った神鳴が言う。

いつも朝食を摂るダイニングキッチン、洋とアカリは立ったまま言い争っていた。もっとも、声を荒げているのはアカリだけで、洋はなにかを説得しようとしている、という雰囲気だ。

「とりあえず座ろう」

神鳴が言うと、アカリが「なんでオジサンに命令されないといけないわけ？」と嚙みついてくる。だよな、高校生から見たらいくら若見えする神鳴だってオジサンだよな、とちょっと嬉しくなったことは内緒だ。

「命令してない。頼んでいる」

「ならいやだ」

「アカリちゃん……座ろ……？」

洋がアカリのために椅子を引き、自分も座る。大きい身体を小さくして、いつもよりだいぶ表情が硬い。トトト、とむぎちゃが二階から降りてくる足音がして、俺を見て「ニャア」と一声鳴いたものの、またしても洋のところへ行ってしまう。デニムの脚をよじよじと登り、膝にスポンと収まった。むぎちゃ……それされると、おとーさんは部屋に帰れないんだが……。

「あんたも座ったら」

神鳴に言われて、仕方なく俺も座った。諍《いさか》いごとに首を突っ込むのは苦手なのに……。

神鳴はまず、洋に事の経緯を聞いた。その説明によると、アカリが無断で、弥生さんの遺品をフリマアプリで売っていたというのだ。

「え。なにを？」

驚いた俺が聞くと、洋は困り顔で「アイドルグッズです」と答えた。つまり、亡き伯母の愛していた、世界的に有名な某七人組のグッズを？

「ほとんどは知っとる方に形見分けしよったんですが……いくつか、レアアイテムが残っとって……」

「それを売ったわけかー。フリマアプリって高校生も使えるのか？」

俺の疑問に神鳴が「使える」と答えた。

「小遣い稼ぎに使ってる子は多いよ。洋、そのグッズっていくらになったの？」

神鳴が洋に聞いた。

アカリは複数のレアグッズを売っていたようで、洋がその合計金額を言ったとき、俺は「まじで？」と声を上げてしまった。そんなになるの？　そんなお宝だったの？　うわあ、世界的アイドルすごいな……。

「…………資金……」

ぼそりとアカリが言う。

「なんの資金」

神鳴は淡々と聞く。こいつって淡々としている時のほうが怖いよな、などと俺は思ったりする。

「……いつまでもここにいられるわけじゃないし……」

「ないし？」

「ひ……ひとりで生きて行くなら……たとえば部屋を借りるのにだって、お金が必要になるんだし……」

「金が必要なら、世話になった相手から盗んでもいいの？」

「し、仕方ないじゃん……！　どうしろっていうんだよ！」

アカリがだんっ、と激しくテーブルを叩く。

彼女の目は真っ赤だ。今にも泣きそうで、でも絶対に泣かないと決めている子供の顔だ。本人は十八だと言っているわけで、ならば日本ではもう成人なわけだけれど……いったいなにがどうしたら成人なのか、大人なのか、俺には明確に答えられる自信がない。

ぶっちゃけ、四十の自分だって『ちゃんとした大人』と言えるかどうか……。

「さっき、警察に突き出せって叫んでたよね。本当にそうしていいの？　警察じゃなくて、きみの家にまた連絡して……」

「いっ……家には、帰りたくない！」

ずっと誰とも目を合わせなかったアカリが、初めてまともに神鳴を見た。ふたりの視線がかっちり合い——先に視線を外したのは神鳴のほうだった。

「父親が……こ、怖くて……」

アカリの声が上擦る。

「お父さん？」

聞き返しのは洋だ。アカリはコクリと頷き「ママの再婚相手……」と続けた。

「ウチ、もともとは母子家庭で……私が中学の時にママは再婚したの。若いイケメン捕まえた、なんて言って……すごくはしゃいでて……ママが嬉しいなら、私もいいかなと思ってたけど……」

新しい父親はアカリにも優しく、最初のうちは楽しく過ごしていたそうだ。けれど転職したことをきっかけに、不機嫌になることが増えたという。

「お酒すごい飲むし……酔うと怒鳴ったり、そのへんのモノ蹴飛ばしたり、時々は私にも足がぶつかってきて……」

それはつまり蹴ったということだ。暴力であり、虐待だ。

「仕事先でも、すぐ人と揉めるらしくて……そのうち辞めちゃって、しょうがないからママが仕事増やして……夜も近くの飲み屋さんで働くようになって……」

すると、夜に父親とふたりでいる時間が長くなる。

酔うと人が変わったようになる父親が、アカリは怖くてたまらなかったそうだ。暴言を吐く、ものを投げつける、口答えすると臑《すね》を蹴られる、髪を引っ張られる……。

「そこまではギリギリ我慢できたんだけど、そのうち父親が、友達を連れてくるようになって……みんなで飲んで、うるさくて……それに……」

すでに高校生になっていたアカリを変な目で見るのだと言う。声を掛けてきたり、勝手に部屋に入ってきたりもしたそうだ。耐えきれず母親に打ち明けると、

――そんなこと言わないであげて。

と懇願されたそうだ。

――お父さんのお友達なのに、そんなこと言わないであげて。ちょっとふざけただけでしょ、そんなの。アカリは神経質ね、気にしすぎ。

そんなふうに、逆に窘《たしな》められてしまったと言う。

「いやいや、それはおかしいだろ」

思わず俺は言ってしまった。

「子供にとって家は、安心できる場所でなきゃだめだ。そんな環境じゃ、落ち着いて勉強もできやしない。誰かほかの大人に相談した？」

アカリが俺を見て「ほかの大人って？」と逆に聞いてくる。

「それは……学校の先生とか、信頼できる人に……」

「誰が信頼できるとか……どうやって見分けたらいいの？」

俺は即答できなかった。

たとえ五分考えていいよと言われても、答えられなかったかもしれない。四十のオッサンである俺だって、信頼できる人間の見分け方なんて知らないのだ。せいぜい、長い時間を過ごした相手ならば、その判別がある程度つくという程度だ。

「……気に掛けてくれてる人も……少しはいたよ。一緒に考えてくれる人も……でも、ママはだめだった。何度も話したよ？　説明した。私の気持ち、わかってほしくて。でもぜんぶ、無駄だったみたい。なんでだろ……私はママから生まれたのに……ママは私のことがわからないし、私もママのことがわからない……」

神鳴は虚空を見ている。

表情がない、というのはこんな顔なんだろうきっと。

「だから私はママを捨てることにしたの」

神鳴は動かない。ただ、その目の、瞳の……瞳孔だけが開いた。周囲の明るさが変化したわけではない。瞳孔はストレスでも散大するらしい。

「ママは私を産んでくれた。大事に育ててくれた。でも、それでも、私はママのいうとおりにはできない。だってそれは自分を捨てることになるから。自分かママか、どっちかを捨てなきゃいけないなら……」

ママを捨てるしかない。

アカリがそう言った時、涙がぽろりと一粒だけ零れ落ちた。

すぐにそれを袖で拭い、アカリは自分を落ち着かせるための深呼吸をする。

「酔った父親が、またモノを投げつけてきた夜、家を飛び出した。衝動的だったから、荷物もほとんど持ってなくて……この街に来たのは、小さい頃に住んでたから……ぜんぜん知らないところより、マシかなって」

そのあとは、SNSで泊めてくれる人を探したそうだ。俺に言わせれば恐ろしく無謀であり、危機管理がなっていない。案の定、

「会ってみたけど、これはヤバイなっていう人で……」

アカリはそう続けた。

「連れて行かれる途中で逃げて、でも追いかけられて、無我夢中で走って……」

息が上がって、走れなくなって、怖くて蹲ったのが小春さんの家の前だったと言う。

小春さんはアカリを保護し、なにも事情を聞かず家に置いてくれたそうだ。

「……本当に……なにも聞かれなくて……ここにいていいからね、って……ひとつだけ聞かれたのが……」

——食べもの、なにが好き？

それだけだったそうだ。

アカリの顔が歪む。笑おうとしたようだが、結局また涙が流れる。上擦る声で、「おばあちゃんのこと、大好きだった」と言う。

「あの日は……お掃除の人が来るって聞いて」

トモとキヨのことだ。

――どうする？　ここにいてもいいのよ。親戚の子って話すから。それとも、ひとりで映画でも観に行く？

小春さんはそう聞いて、アカリは映画を選んだそうだ。

「ちゃんとお小遣いまでくれて……私は渋谷まで行ったんだけど……途中で体調が悪くなって、映画館を出て……」

「体調が？」

「もともと、人が多い場所ってあんまり得意じゃなくて……とくに疲れてる時は頭痛がしてきたり、気分が悪くなったりするんだ……」

繊細なところがあるのだろう。アカリは映画をやめて、戻ることにした。

「帰ったら……おばあちゃんは……もう……」

階段の下で倒れていたのだ。

アカリが小春さんの遺体を発見したのと、トモキヨの来訪はほとんど同時だったようだ。ピンポンと呼び鈴が鳴り、ものすごく驚いたと話す。

小春さんが倒れている以上、もうアカリを「親戚の子」と話してくれる人はいない。警察に引き渡されると思い、アカリは裏口から逃げた。

「……美味しいごはん、色々つくってくれて……孫が来たみたい、って喜んでくれて……なのに私はちゃんとお礼も言えてなくて……」

そのあとはしばらく、ネットカフェで過ごしていたという。だがどうしてもほっぺちゃんのことが気になり、様子を見にきて、洋と出くわしたわけだ。

「……大変やったねえ」

洋が言った。そして膝の上で丸くなっていたむぎちゃをそっと両手で持ち上げると、「ほい」とアカリに渡した。

「持っとって。わぇはお茶を淹れようわい。あったかい焙《ほう》じ茶を、みんなで飲も。お茶請けにかりんとうもあるき」

そう言って席を立つ。

アカリは「え」と戸惑いつつもむぎちゃを受け取った。こわごわ抱いて「わ、やらかい……」と呟く。むぎちゃは嫌がる様子もなく、グネグネ動いてしまいにはへそ天になり、アカリを見て「ニャーン」と可愛く鳴く。

その時、アカリが初めて微笑んだ。さすがうちの天使である。

洋が戻り、みんなに焙じ茶が配られ、ダイニングに香ばしさが満ちる。

アカリはようやく「すみませんでした」と謝罪の言葉を口にした。

「押入の……すごく奥にあったから……もうみんな忘れてるモノなんだろうって……。ファンだったおばあちゃんは亡くなってて……ほかの人たちは、べつにファンじゃなさそうだし、きっとバレないって……お金が……ないと不安で……ごめんなさい……」

「ほうやなあ、お金は必要や……」

しみじみ言ったのは洋である。確かに金は大事だなと、俺は湯呑みを持ったままウンウンと頷いた。神鳴はあれきり口を開かない。

「お金……まだ使ってないので……ちゃんと返します……」

うん、と洋が優しく返す。

「ここの前の大家さんはな、小春さんとげに仲良しやった」

洋はそんなことを語り始める。

「ほうやけえ、わぇは小春さんが助けたアカリちゃんと縁を感じとるんよ。だからまだここにおってほしい。お金がほしい気持ちもわかるよ。そしたらな、アカリちゃん、バイトせん？」

唐突な申し出にアカリは「え」と口を開ける。

「絵のモデル、してくれんかの？」

「……モデルって……」

「あ、ヌードやないよ？　ヌードデッサンも大事やけどな、そっちは学校でちゃんとやっとるけえ。フツーに服着てて大丈夫。学年末の発表作品が難航しとってなあ……」

「あ、『感情』？」

俺の問いににっこりと頷いた。

「実はな、せんからちいと思うとったんよ。アカリちゃんの雰囲気ええなあ、て。描いてみたいなあ、て。いまだいぶ、課題に行き詰まっとって……でも、なにか見えてきそうなんよ。のぅ、むぎちゃ？」

むぎちゃがアカリの膝の上から「にゃう」と返事をする。

まるで話をすべて理解しているようなむぎちゃに対し、アカリのほうは洋の提案がまだ呑み込めないようでぽかんとしている。

「あんな、わぇが美大生なんは知っとるやろ？　課題のテーマが『感情』なんよ」

「…………私の感情を描くってこと？」

「んー、そうとは限らんかな。アカリちゃんにモデルしてもろたら『感情』いうんを探りやすそうや、という感じかな」

「……よくわかんないけど……そうしたら、ここにいてもいいなら……するよ……」

「わあ、ありがとう。先生、ええですか？」

洋が神鳴に聞く。

べつに神鳴の許可は必要ないと思うが、一応、まだ十九歳である洋の後見人的立場なのだ。神鳴は感情のない声で「洋がそうしたいなら」と答えた。顔色はまだ戻っていないし、かりんとうにも手をつけない。俺はボリボリ食べているが。

「……この子、可愛いですね」

ぽつりとアカリが言った。もちろんむぎちゃのことである。

「そうなんだ。カワイイ成分一〇〇％なんだ」

俺が真顔で返すと、また少しだけ笑ってむぎちゃを撫でる。綺麗に整った顔のバランスが微妙に崩れ、でもそのほうがずっといい表情に思えた。

6

——ご相談したいことがあります。お忙しい中恐縮ですが、お時間いただけませんか。モイは抜きでお願いいたします。

うわ、きた。

このメッセージが林から届いた時の、俺の正直な気持ちである。思っただけではなく声に出してしまった。すぐそばで、洗ったばかりのフリースを前脚で熱心にフミフミしていたむぎちゃが「なにごとか？」という顔でこちらを見る。

「あ、お仕事中ごめん……気にしないでつくねててください……ちょっと苦手な案件が入っただけなので……うん……」

俺が言うと、むぎちゃは「そうか？」という顔でフミフミを再開する。洗い立てフリースのフミフミに集中する顔は、熟練の職人を思わせ、なんだか親方と呼びたくなる。世界一可愛い親方なわけだが。

それはさておき。

さあ困った。もう一度林からのメッセージを読んで、俺は頭を掻く。内容に関しては困ったが、日本語はきちんとしているなあ。態度はアレなのに、文章はちゃんとしてるんだなあ。それにしても困ったなあ……だってこれはもう、恋愛相談に決まっている。

俺の最も苦手な分野だ。

なぜならこの分野では、俺の武器が使えなくなるからである。つまり客観視や分析力など、理性がモノをいう武器だ。恋愛という問題に対峙した時、これらの武器はほとんど意味をなさない……らしい。少なくとも過去において、恋愛相談をもちかけられた時はそうだった。事例そのものも少ないが、ゼロではない。えーと、今まで……三人……くらいか？　俺としては、いたって真摯《しんし》にアドバイスをしてきたつもりなのだが、全員が口を揃えて、

――相談相手を間違えた。幾ツ谷に聞くなんて、バカだった。

と言い、溜息まじりにその場を去って行ったのだ。

誰にでも、得手不得手はある。失敗もする。その失敗を乗り越えて人は成長していくものなわけだが……実のところ、この問題に関して俺は『自分のどこが間違っていたのか』が理解できていない。学生時代の、数少ない友人の相談だった。本当に真剣に話を聞いて問題解決しようと思ったのである。

ということで、お手上げだ。

恋愛問題解決スキルが低いままオッサンになった俺が、大学生女子、しかもコミュ力は下の下、考えてみれば俺とまともな会話が成り立ったことすらないあの林と会ったところで、なにが解決するというのだ？

　無理である。

　忙しいから会えないと返信しようか。いやそれは一時凌ぎにしかならない。ああ面倒くさい……いっそすべてから手を引いてしまいたいが、それは大人として責任感がなさすぎるような……。

　ベッドに寝そべりグルグル考えていた時、再びメッセージの着信音がした。

　また林かと眉間に皺を刻んでスマホを手にしたのだが、別人からのメッセージだった。

　俺はガバリと身体を起こす。椎葉《しいば》だ。杏樹の友人であり、弁護士の……。

　――杏樹さんから伝言を預かったのでご連絡します。マンションで棚の整理していたところ、幾ツ谷さんのマフラーが出てきたそうです。色はチャコールグレー、カシミア製のよい品なので、必要ならばそちらに送るそうですが、どうしますか？

　そうだ。

　杏樹がいる。彼女ならばきっと適任だ。

　人の話に耳を傾ける能力が俺の十倍あり、人の心に寄り添う力は俺の百倍ある。俺はすぐに返信を打った。

杏樹に力を貸してほしいことがあるので、可能ならば直接会いたい、マフラーはその時に持ってきてもらえないだろうか……と。

断られたらどうしようと、迷いがなかったわけではない。

会わないそうです――と無下に返されたら、丸一日寝こんだかもしれない。

けれどそんなに俺が嫌いなら、そもそもマフラーなどすぐに捨てたはずだ。

俺を追い出した当初、杏樹は徹底的に俺を避けた。電話もＳＮＳもメールも完全に拒否られ、弁護士を立てられた。けれど俺が離婚に応じ、しばらくすると荷物についての連絡が椎葉経由で入るようになり……書類を出す直前には、短い時間だが顔を合わせた。杏樹はちょっと困ったように微笑んで「お疲れさま」と言ってくれた。

そう、俺の元妻は優しくて忍耐強い。

なにしろ俺のような性格の男と結婚していたのだ。最近になってよくよく考えたのだが、俺は俺のような女と結婚できるかと聞かれれば、絶対に無理と言える。俺は俺のことが大好きだし、長所もたくさんあると思っているが、だいぶ癖が強いタイプだという自覚もある。ありていに言えば偏屈で扱いが面倒くさい。こんなタイプの俺と暮らせていた杏樹の心は海のように広かったのだ。ただ、海には嵐も起きるのである……。

なにはともあれ、杏樹は俺のヘルプに応じてくれた。

「こちら、幾……森川《もりかわ》杏樹さんです」

「どうもー。よろしくね」

「そしてこちら、林鈴音さんです」

「……しく……おねが……す……」

「それから、えーと……弁護士の椎葉さん……は、なんで今日来たの、かな……？」

杏樹の隣に座っている椎葉弁護士は「私のことはお気になさらず」と答えた。今日もスーツがシュッと決まったイケメンだ。生物学的には女性と知っているが、それでもイケメンという言葉がしっくりくる。神様、どれくらい徳を積めば、次はこんな顔で生まれてこれますか……？

「今日ね、ふたりでごはん食べに行く約束だったの。でもその前に、林さんと会おうって思って、時間を少しずらしたんだ」

杏樹がそう説明し、ニコリと笑った。

「あ、大丈夫。ミツは口は堅いから、心配いらないよ」

杏樹の屈託ない笑顔に、今日も貞子ヘアの林はコクリと頷いた。例によって顔がよく見えないが、少し肩の力が抜けたようだ。そうなのだ、この笑みを前にするとなぜか警戒心が解けてしまう。

杏樹は椎葉をミツと呼んでいた。このふたりは中高の同級生で、卒業後もずっと仲がよかったらしい。結婚披露宴にも招待したが、椎葉は海外出張中で来られなかったのだ。

もし椎葉が披露宴に来ていたら、女性ゲストは全員椎葉ばかり見ていただろう。新郎である俺など完全スルーして……。

そんなこんなで、都内のカフェである。俺は林に『人間関係についての相談なら、俺より適した人を紹介するから』と連絡した。人見知りの林は迷ったようだが、結局承諾したところをみると、かなり切羽詰まっているようだ。

「それじゃさっそく聞くけど、相談というのはいったい……」

俺が林に話しかけるのに被せて、杏樹が「あっ、林さんのスマホ、このあいだ発売したばかりの新機種だ！」とまったく関係ない話を突っ込んできた。確かに林のスマホは最新機種のようだが、今はそんな話題はどうでもよくて…………。

「あ……はい。こういうの……すぐ飛びつくタイプで……」

「いいよね、このカラー私も気になってたの。実物やっぱり可愛い！　カメラの性能どう？　だいぶ違う？」

「そうですね……もちろん性能はアップしてますけど……価格と見合うかといえば微妙かな……使い方次第なんだと思いますが……まあ、ガジェット好きは新しいのすぐ欲しくなっちゃうので……」

え、なに、林が喋ってる……ポツポツとだが、今まで俺が聞いた中では一番長く喋っている。

「うんうん。新しい、っていうことがすでに価値だもんね」

「長く使うのも……いいことだと思います……」

「でも私の、そろそろ買い換え時かなと思ってて。見て見て、これなんだけど……」

「あー、三世代前くらいかな……でも傷とかないし……下取りのこと考えると、状態いいうちに買い換えるのはありなんじゃないかな……」

「ほんと？　あれかな、公式で買うと、下取り価格がよかったりする？」

「キャリアの下取りプログラムもありますよ。でも公式よりは安いかも……キャンペーンとかしてるとまた別ですけど」

林のトークがどんどんなめらかになっていく。なんだよ、ちゃんと喋れるんじゃん……だが、いつまでもスマホの買い換え話で盛り上がられても困るわけで、

「えーと、で、林さ……」

改めてそう切り出そうとした俺は、次の瞬間「ウッ」と言葉を詰まらせた。

痛っ……だ、誰かが俺の臑を蹴っ……うう……。誰もなにも、当然俺の正面に座っている椎葉なわけだが、なぜ……。痛みを堪えつつ椎葉を睨むと、人形じみて整った顔が、小さく横に振られる。ＮＯを意味する動き……つまり、黙ってろということか？　杏樹と林の無駄話に割り込むなと？　この長すぎるアイスブレイクを聞き続けろと？

だが、今日はこちらが頼みごとをしている立場だ。

俺はコーヒーを飲みながら耐えた。杏樹と林は話し続け、椎葉はほぼ黙っていたが、時折杏樹に話を向けられると一言二言返す。

俺はといえば、まったく話を向けられないので、早くもコーヒーを飲み終わってしまった。……まずい。カフェインの利尿作用が効いてきた。

「ちょっと失礼……」

ぼそりと言って、トイレに立つ。そして数分後、戻ってきてみると——座れない。俺がもといた場所……林の隣に杏樹が移動していたからだ。杏樹は戸惑っている俺には目もくれず、身体ごと林のほうに向けて「うん……うん、そっかぁ……」と熱心に話を聞いていた。

椎葉が俺を見て、自分の隣を指さす。さらに鼻の上で人さし指を立てたのは（黙って座れ）ということなのだろう。なにやら疎外感を覚えつつも従うしかない。

林と杏樹は、俺が戻ってきたことにほとんど無反応で話を続けていた。発言を禁じられた俺は聞くことしかできない。

内容はといえば、林と雲井のヒストリーである。

俺が戻ってきた時点で小六時の話だった。ふたりで飼育係になって、大福と名付けたウサギが病気になり、泣きながら看取った話だとか……ちょ、やめて……モフモフした生き物が死ぬ話はやめてほしい。胸が痛いじゃないか。

それにしてもそこまで細かいエピソードは必要だろうか。しかもウサギのあとはやはり飼育していたカメの話になった。日本昔ばなしかよ。もう少し情報を整理して効率よく話せないか……などと思う俺なのだが、隣の椎葉から（口を挟まないように）という無言の圧がかかり続けている。

林と雲井の物語は続く。

二杯目のコーヒーもなくなろうという頃、ようやくふたりは中学に入った。

「モイは当時……クラスでいじめられてたんです」

林はそう語る。

「今よりもっと体形が……その、コロコロ太ってて……そういうモイも可愛いと思うんですが、バカな男子から『おまえBカップくらいあんじゃねーの？』なんて言われたり……。じぶんは『やめなよ』ってよく間に入ってました。男子と張り合うなんて怖かったけど、モイにそんなこと言うの許せなくて……。そうするとこっちもいじめられるんで、結局いつもふたりでいました。なんていうか……お互いを守りあってた感じです。モイは理数系がすごく苦手で、そっちの宿題はぜんぶやってあげて。でもじぶん、作文とかホントだめで、モイが代わりに書いてくれたり」

ところが少しずつ状況は変化したという。雲井は確かに太っていたが、二年生になった頃から自然にやせてきたのだ。

もともと素直で明るい性格だったこともあり、クラス替えをきっかけに友達も増えてきた。一方で林は、やはり雲井以外の友人を作ることが難しかったらしい。

「モイが、友達に言われてるのを聞いてしまったことがあって……なんであんな暗い女といつも一緒にいるんだよ、って……もしかして、おまえらできてんじゃねえの、とかからかわれて……」

まあ思春期ともなれば、そういうことを言い出す奴もいるだろう。その会話を物陰から聞いてしまった林はショックを受けたと言う。雲井はきっと言い返すだろう、気持ち悪いこと言うなよと怒るだろう……そう考えたそうだ。

けれど雲井は、

——リンリンのことを悪く言うのはやめて。ボクたちは親友なんだ。一番信頼してる相棒はリンリンなんだ。あんなに頼れる子はいないよ。

きっぱりと、言いきったそうだ。

「そっかぁ、そんなふうに言われたら嬉しいよね」

聞き上手の杏樹がウンウンと深く頷く。

「そうなんです……親友、って言ってくれたのが本当に嬉しくて……。つきあってるとか、そんなんじゃないんです。それ以上なんです、じぶんたち。昔からずっと」

「ウンウン」

「同志っていうか」

「ウンウン」

「心の友と書く心友《しんゆう》、みたいな。決して裏切らないっていうか」

「ウンウン、そっかぁ」

えー、心友ぅ？　うーん？

俺は心の中で唸ってしまう。要するに恋愛関係とは違うと言いたいらしいが、だとしたら俺が見たアレはなんだったんだろう？　アカリに見とれる雲井を凝視する林……あれは親友を見る目じゃなかったと思うんだが……。

そもそも、決して裏切らないというのもよくわからない。裏切るというからには、あらかじめ契約があるはずだ。例えば日本における結婚は婚姻という契約なわけで、だからこそ不貞行為があった場合は裏切りが成立し、慰謝料を取れたりする。林と雲井のあいだに、なにか契約事項があるとでもいうのか。ずっと心友でいようね、お互いに恋人とか作らないようにしようね！　みたいな約束があったとでも？

「でもこのあいだ、幾ツ谷さんのところに行った時……モイの様子が変で」

「ウン」

「そこにいた綺麗な女の子のこと、めちゃくちゃ見つめて、まるでモイの中で時間が止まってるみたいな感じで……」

ほらあ、やっぱりそれが気になってるんじゃないか。ならもう友情とかじゃないだろ、恋愛感情だろ……そう突っ込みたくて俺はウズウズしていた。

チラリと椎葉を窺うと、無言で小さく首を横に振る。えー、まだだめなわけ？　っていうか、この人なんで俺の考えてることがわかるんだろう……？

「それが……じぶんは……いやで…………」

「ウン」

「そういうじぶんが許せなくて」

「ウンウン」

「だってそんな嫉妬みたいなの、みっともないし……！」

「うん、そっかぁ」

今日何十回目になるかわからない「うん」を杏樹は繰り返し、一方で俺は何十回目になるかわからない「はぁ？」を心中で叫んでいた。

「杏樹さん、これって……おかしいんでしょうか……？」

「ううん、おかしいとかじゃないよ」

いやおかしいだろ！

「ですよね……！　だってじぶん、嫉妬とかするはずないんだし、そんなありきたりの男女みたいな関係と、じぶんたちは違うんだし！」

「そうだよね！　違うよね！」

いやいや違わないだろ！　違わないから、ありきたりの男女だから嫉妬の感情が生じたわけで、その因果関係を理性的に受け入れなければ、なにを考えても無駄だろ！

「混乱して、イライラするのが止められないんです。モイと起業について話してても、つい不機嫌になっちゃって……そうすると、モイは『どうしたの、機嫌悪い？　なにかあった？』とか聞いてきて……そんなの聞かれても困る……！」

なんだそれ。雲井はもっと困ってると思うぞ。

「こんな気持ちのまま、一緒に起業できるのかなって不安になって……」

「そうだよね、不安になるよねえ」

ホントだよ。俺も不安だよ。なんなら俺が一番不安だよ。

「だから……相談したくて……」

なにを？　結局、林はなにを相談したいんだ？

いっそＦＡＱ形式で聞いてくれれば、俺はサクサク答えられるのに。例えば、人間関係がうまくいってないもの同士で共同経営していいのかと聞かれればダメと答えるし、恋愛関係でこじれそうなもの同士で経営していいのかと聞かれてもダメと答えるし、一緒にいると不機嫌になってしまう相手と起業していいのかと聞かれても、それはもう絶対ダメと答える。

要するにダメなわけだ。

これは誰に聞いても同じ答えになるはずで、起業だのスタートアップだのに関わらず、うまくいってない人間関係の下ではなにをしようと問題が生じるのだ。

「林さん、あのさ」

もうやめたほうがいいと思うぞ、と結論を言い渡そうとした俺を遮るように、杏樹が「今日話してくれたこと、もう一回自分でよく考えてみたらどうかな？」と言った。

はい？　もう一回？　なんで？

結論はハッキリしているじゃないか。そんな気持ちなら起業なんかやめたほうがいいって。少なくとも、林は外れたほうがいい。惜しい戦力だがこうなったら仕方ない。俺は言葉にならない『やめちゃえオーラ』を溢れ出させようと力んでみたが、林はこっちを見もしない。ずっと杏樹に顔を向け、その言葉に耳を傾けている。

「リンリンさんのしたいことを止めることは誰にもできないし、したくないことを強制することもできないよ。だから自分でじっくり考えてみたほうがいいと思うの」

「考えたんですけど……じぶんの気持ちとかよくわからなくて……」

「そうだよね、自分の気持ちって一番わかんないよね。みんなそうだと思う。だから焦らなくていいんだよ。雲井くんと一緒に起業したらどうなるか、一緒に起業しなかったらどうなるか……いろんなパターンを想像してみたらどうかな」

「……想像……」

「誰にも先の事なんてわからない。だからみんな、想像したり予測したりするんじゃないかな。ま、それが全部外れることもあるけどね」

「外れたら……どうなるんですか……？」

「びっくりするよ」

目をクルッとさせて、杏樹は答えた。

「わー、こんなことになるのかー、想像してなかったー、って。とてもびっくりする。悲しいびっくりだったり、楽しいびっくりだったり、それはわかんない。でも大丈夫、たいていのびっくりは乗り越えられるから。たぶん」

「たぶん……？」

「ごめんねー、私もゼッタイとか言えるほど人生経験積んでなくて……」

笑いながら杏樹は言い、だけど、と続けた。

「応援してるよ、リンリンさんのこと」

林はもう下を向いていなかった。長い前髪のあいだから、ちゃんとふたつの瞳が見えていた。初めて気がついたのだが、ずいぶん大きな目だ。杏樹の顔を見て、少し照れくさそうに、それでも「ありがとうございます」と言う。

え、なんで？

俺は戸惑う。林の表情が妙にスッキリしていたからだ。

「幾ツ谷さんも、ありがとうございました。杏樹さん呼んでくれて……」

「え。ああ……うん」

俺にもついで程度に礼を言ってくれたのはいいが……待て待て、もう終わり？

問題、なにひとつ解決してなくない？

「椎葉さんも、お時間取らせてすみません。……もう一度、よく考えてみます」

考えるって、なにを？

なにか考えて解決するようなもんじゃないよね、これって？

こじれた人間関係のまま起業しても、うまくいくわけがないんだって。今はなんか納得顔になってるけど、それは杏樹に愚痴《ぐち》ってスッキリしただけで、根本的な解決にはなってないんだって。などなど、言いたいことは山ほどあったが、相変わらず椎葉が御意見無用オーラを出しているので、俺は無音声で口をパクパクさせるしかない。酸欠気味の金魚か。ようやく喋れるようになったのは、林が立ち去ったあとである。

「なんか俺、ほとんど喋ってないんですが」

三人になり、向かいに座るふたりに言うと「そうだねえ」と杏樹が笑う。元妻の笑顔にフワフワしそうになる気持ちを抑えつつ「それに、なにも解決してないよな？」と俺は続けた。

「彼女はただ愚痴を言って、きみはひたすら相槌を打ってただけじゃないか。……あ、飲み物おかわりする？　聞き疲れただろ？」

俺が聞くと、杏樹はぱちくりと目を見開き、そのあとで「うん。じゃあクリームソーダ」と言った。鮮やかなグリーンのシュワシュワが脳裏に浮かび、俺も同じものを頼む。黙っていただけなのに疲れて、甘いものが欲しくなったのだ。椎葉はルイボスティーを追加注文した。

「りっちゃんの言うとおり、林さんは愚痴を言っただけだけど、それでいいんだよ」

杏樹の説明に、俺は釈然としない。

「それは相談と言わないだろ」

「あのね、りっちゃん。相談の八割は聞くことなの」

「顧客の話を聞くだけの会計士なんて、すぐに干されるぞ？」

俺がそう返すと、椎葉が「……幾ツ谷さん、わりとオトボケなんですね」と言う。

「我々のような士業は別に決まってるでしょう。仕事なんだから結果を出さないと」

オトボケと評されてしまった俺である。続いて元妻までも「りっちゃんはたまに天然なんだよねー」などと言い出した。

「て、天然……？」

「普通知ってることを、知らないっていうか」

「え、相談の八割は聞くこと、は普通なのか？　それが一般常識だと？」

「常識っていうか、無意識のうちにやってる人は多いと思うよ。友達や知り合いが悩んでたら、まず話を聞いてあげるでしょ。相談っていうより傾聴《けいちょう》かな。とにかくまず、相手の中に溜まっているモヤモヤを外に出してあげる」

「でも、相手は答えやアドバイスを求めてるわけで……」

「求めてないよう」

杏樹が手をヒラヒラさせて言い、椎葉がいかにもとばかりに深く頷いた。

「求めてるのは、話を聞いてくれる相手なんだよ、りっちゃん」

「ただ頷いてウンウン言う相手ってことか？」

「相手に否定されなければ話しやすいでしょ？」

「そうか？　ただウンウン言われてるだけだと、むしろちゃんと聞いているのかと、疑念が生ずるんじゃ？」

「そんなことないでしょ。だって私、りっちゃんにも同じ対応してたもん」

「え？」

「時々、りっちゃん『なあ、これってどう思う？』って、職場のこと愚痴ってたじゃない。上司のこととか」

「……そうだっけ……？」

言われてみればうっすらと記憶が……いや、だが、滅多にそんなことはないはずで……多少……たまに……。

「月に一度はあったと思うよー。あんまり覚えてないよね。言うだけ言ったらスッキリしてたみたいだから」

「そ……いや……うぅ……」

じわじわと記憶が蘇ってきて、俺は言葉に詰まった。理不尽な上司の話、使えない部下の話、コンビニで店員にやたら威張るアホ……そういえば、話していた……そして杏樹はウンウンと聞いてくれていた……。

「誰でもさ、聞いてもらえるだけでラクになるんだよ」

杏樹の言葉に、椎葉が「そう」と続けた。

「自分の気持ちを言語化することで、混乱していたものが整理されますから」

「それそれー。喋ると落ち着くのって、それもあるよね」

「だ、だとしても」

俺はいくらか前のめりになって言った。

「今回は、起業に関する相談だったわけで、ならば俺としては具体的なアドバイスをすべきだったんじゃないかと思うんだ。林が雲井と揉めてるなら、起業は考え直すべきだし、百歩譲って一緒に仕事をするにしても、共同経営ではなく従業員として……」

「まだ揉めてはいないよね。リンリンさんが悩んでるだけで」

「どう考えても、今後揉めそうじゃないか……」

「揉めて喧嘩《けんか》して仲直りできたら、それはそれでいいんじゃない？」

「それは………」

クリームソーダが運ばれてきた。

蛍光グリーンのソーダと、白いアイスクリーム。そして人工的に真っ赤なチェリーの飾り……杏樹が俺の前のクリームソーダからチェリーをひょいと取って、自分のところに引っ越しさせる。俺はこのチェリーを食べないと知っているからだ。

揉めて、喧嘩して、仲直りできたら——それでいい？

「……まあ……関係が修復できれば……それでいいのか……」

「でしょ？　あー、クリームソーダおいしーい」

ストローを咥えて杏樹が言う。

可愛いな……ウン、やっぱり、俺の元妻は可愛いな……というか、前より綺麗になったんじゃないか？　ふんわりした質感のライトグレーニットがよく似合っている。こんなの前は持ってなかったよな。合わせてる金のネックレスも見たことがない。少しくすんだ赤い口紅はちょっと大人っぽくて……いや、杏樹だって大人なんだけれど……。

なんでこんな綺麗な女と別れたんだろう、俺。

あ、そうか、俺が愛想を尽かされたんだっけ……でも、今日はちゃんとこうして来てくれた。俺の頼みなんて断ってもよかったのに来てくれて、ニコニコと感じもいいし、つまりそれは俺に多少の未練はあるだとか……ならば、俺たちの関係もまた、揉めて喧嘩して仲直り、雨降って地固まる、みたいな道が……。

「それにしても、りっちゃんが学生さんの面倒見てるなんて、ちょっとびっくりした。えらいね！」

俺は「いや、べつに、まあ……一種のボランティアというか？」と眼鏡のブリッジを上げる。ふ……ほめられた……やはりこれは、まだ脈が……。にやけそうになる口元をギュウと引き締め、俺はソーダの部分を飲んだ。クリームで濁るのはいやなので、急いで飲む派なのだ。アイスはあとでゆっくり食べる。

「前は自分のことにしか時間を使いたくない、って感じだったのに」

ゲフッ。ソーダで噎せそうになる。

「離婚して、りっちゃんにも変化があったんだね。よかったよー。私も職場を変えて頑張ってるんだ！」

「そ……え……て、転職したの？」

初耳である。杏樹に報告の義務などないので、当然ではあるが。

「前の会社、規模縮小することになったのね。なんだか先が危ういなあと思って……。

ミツの紹介で法律事務所で働いてるの。今はまだ一般事務だけど、ゆくゆくはパラリーガル目指してるんだ」

「いや……でもきみは法学部卒じゃないし……法律の知識なんてぜんぜん……」

「杏樹は優秀ですよ」

ルイボスティーのカップを手に、椎葉が言った。

「地頭がいいので仕事を覚えるのが早い。視野が広く、機転が利くし、顧客への応対もとてもいいそうです。紹介した私は感謝されました」

「わー、恥ずかしー！」

杏樹が頰に手を当てて、照れ隠しにふざけたあと、「離婚相談が専門の事務所なの」と明るい調子でつけ足した。

それはつまり……経験が役立っちゃった的な……俺は俯いてストローを咥えた。いかん、アイスが溶けてソーダが濁ってきた……。

「でもね、私思ったんだ。離婚して、初めてのひとり暮らしになって……」

はっ、と俺は顔を上げた。

わかる。わかるぞ、杏樹。さみしいだろう？　ひとりはさみしいよな？

いつか誰かが帰ってくる「ひとり」ではなく、朝も昼も夜も今日も明日もずっと「ひとり」……それは想像していた以上にさみしいものだ。

俺にはむぎちゃがいるし、シェアハウス暮らしだから、孤独ッという感じはあまりしないが……ビジホ暮らしの時は結構きつかった。あの無機質な空間にひとりでいると、心がカサカサになるようだった。エアコンの乾燥で喉もカサカサした。

「杏……」

「ひとり暮らしがあんまりにも快適でびっくりしちゃって……！」

……ん？

「誰にも合わせなくてよくて、完全に自分のペースを守れて、自分の好きなものだけ作ればよくて、なんなら作らなくても全然よくて、自分しかいないから部屋もたいして汚れなくて掃除もラクで、洗濯も自分のだけなら週一で楽勝……！　休みの日には恋愛モノの韓ドラ一気見してても『また韓流？』とか言われないし……！」

「べ、べつにあれは文句を言ったわけじゃ……」

「うんうん、大丈夫、わかってるの。文句を言ったわけじゃないし、悪気があったわけでもないんだよね。ただりっちゃんは自分が韓ドラ好きじゃないから、自分が一緒に居る時にそれを見るのかよ、って思っただけなんだよね！　それはわかってるの。ただ、今はもう自由に見れて気が楽っていう、そういう話」

そうか……そういう話か……つまりは俺と離婚して、快適になったという話なんだな……なるほど……ああ、いかん……このダメージを顔に出してはいけない。

「そ、そうか。まあきみが快適なら、なによりだ……」

「りっちゃんはシェアハウスなんでしょ？　それも意外だったよ～」

俺の現状については、椎葉から聞いているのだろう。いまだにすべての連絡は椎葉経由なのである。そろそろＬＩＮＥの交換くらいしてもいいのでは……と思っているが、提案して断られるのが怖く、こちらからは言い出せない。

「もともと伯母がオーナーだった物件なんだ」

「あれ、東京に伯母さんなんていたっけ？」

「いたんだよ、俺も存在を知らなかったけど。まあ色々あってそこに住むことに……猫を拾ってしまったのもある。ペット可の物件はあまりないから。……えっと、こんな子なんだけど」

俺はスマホの待ち受けにしてあるむぎちゃの写真を見せた。杏樹は「うわぁ、可愛いねぇ」と目を細める。

「うん。可愛いんだ。ほかの住人たちも可愛がってくれてる」

「え、ほかの住人さんと交流とかあるの？」

杏樹の意外そうな口調はもっともだ。俺自身も意外に思っているのだから。

「朝飯は母屋で食べる決まりがあったりするんだよ。夜もまあ……鍋とかだと、大勢のほうがいいし」

「でもりっちゃん、みんなと同じ鍋食べるのダメでしょ？」

「ああ、それはダメ。先に取り分けてもらってる。でもおでんなら、なんとか……直箸禁止を徹底してもらって……」

「わー、そんな面倒な対応してくれるんだ。みんな優しいんだねえ」

面倒……面倒、って言ったよな今……俺は軽く傷つきながら「もうひとり、同じタイプのヤツいるから」と言い訳にもならない言い訳をする。

「でもよかったよー。シェアハウスなんてりっちゃん一番苦手そうだし……。ほかの住人さんをガン無視して、みんなから変人扱いされてるかもなあって、ちょっと心配だったんだ」

確かに、通常モードの俺ならばあり得た展開だ。

基本的に人は人、自分は自分と思っているし、空気読むのも嫌いだし、他人との距離感を測るのも不得手だ。だが蔦屋敷に転がり込んだ時の俺は、そんなことを言っていられる状況ではなかった。人生で最大のピンチに陥っており、むぎちゃとともに置いてもらえるならなんでもしなければ、というモードだったのである。そしてそうなった原因は杏樹に追い出されたことであり…………いや、違うか。

俺だ。すべての元凶は俺である。身から出た錆《さび》というやつだ。

「……はは」

「りっちゃん？」

「いや、ごめん。なんでもない。……なんか色々あったけど、変なとこに着地したなあと思って。……うん、でもまあ、他人と飯食うの、慣れてきた」

朝、母屋に行くと誰かしらいる。

洋はたいていいて、味噌汁をよそってくれる。最近のヒットはミルク入りポタージュ風味噌汁だ。ジャガイモがちょっと溶けてるのがいい。トモキヨも規則正しい生活なので、よく顔を合わせる。トモは半分寝ていることも多く、キヨはトモのぶんも食パンにバターを塗っている。紙糸子さんは仕事が落ち着いている時期はいるし、締切前はほとんど現れない。ストレスが溜まると高級食材を買う傾向があって、このあいだも最高級本枯れ節をダースで買っていた。おかげで味噌汁レベルがまた上がったわけだ。

そして神鳴は、大学の講義がある日なら、俺よりやや遅れてダイニングに姿を現すのだが……この数日は見ていなかった。

「……りっちゃん、なんか変わったかも」

杏樹が俺をじっと見て言った。

「大学生の起業相談に乗ってるのも意外だったし……雰囲気がすこーし、ソフトになったような……？」

「え。そうかな。猫飼ってるからかな」

「そうだね……猫に癒しをもらってるのかな……」

「まあ、猫は世界を救うっていうから、俺のことくらい救えても不思議ではない。なにしろウチの子はすごい癒しパワーだから。このあいだも、ぜんぜん笑わなかった女の子が、むぎちゃを撫でながら初めて……」

そういえば、と俺は視線を杏樹から椎葉へと移す。椎葉は長い指でルイボスティーのカップを持ったまま「……私はどちらかというと犬のほうが」と言った。

「あ、いや、そうじゃなくて。……椎葉さんって離婚専門の弁護士なの？」

俺の質問に「そんなことはありません」と答える。

「基本的にどんなご相談にも応じますよ。専門知識が必要な案件の場合……たとえば、医療過誤などの場合は、適任者をご紹介しますが」

俺はアカリの顔を思い浮かべながら「親から逃げてる子供だとかは？」と聞いてみる。

「虐待ということですか？」

「うーん、それに近いと思う」

「相談に乗れます。事務所に直接連絡をくれてもいいですし、『こどもの人権１１０番』に連絡する手もあります。緊急性が高そうならば、まず加害親から離れられるよう、シェルターなどへの避難をすすめることになるかと」

「加害親って……毒親のこと？」

「はい。親であろうと加害者ですから」

「えっと……成人年齢引き下がったよね？　十八歳すぎたらだめなのかな」

アカリはまだ高校生だが、もう十八だと言っていた。成人に達すると、行政から受けられる支援が変わってしまうことが想定される。

「十八歳でも受け入れられる民間シェルターはあります。とにかくまず、相談を」

「わかりました。ありがとう。あと……虐待とはまた違うかもしれないんだけど……実の親からストーカー被害を受けてるとかは……こっちは完全に成人で」

神鳴のケースもまた、専門家である第三者の介入が必要なのではないか。

「……というかおじさん。同い年の知人なんだけど」

すると椎葉の眉間に少し皺が入る。

「そうですか。……ストーカー規制法は基本的に親子を対象としていないんです。また、DV防止法に基づく面会強要禁止も親子間は想定していません」

「つまり、親と縁を切ることはできない？」

「戸籍法上に『絶縁』という定義がないんです。なので、『この法律を当てはめたら完全に縁を切れる』ということにはなりません」

「つまり、最悪な親でも成人してると打つ手なし？」

「いいえ。親から物理的な距離を取ることで事実上の絶縁状態にすることは可能です。

つまり逃げる、ということです。簡単ではありませんが方法はあります」

逃げる、か。神鳴は逃げたわけだが、また見つかってしまった。となると、あとはなにがやれるのか。もう一度逃げる？　だが仕事はどうする？

「これを」

椎葉が自分の名刺を二枚くれた。滑らかな革の名刺入れをしまいながら、

「未成年者の方も、知人の方も……諦める前に相談してほしいと伝えてください。初回相談は無料ですし、福祉に繋ぐこともできます」

そうつけ加える。ニコリともしない人だが、杏樹の友人ならば信頼できるはずだ。

「ふーん、りっちゃん、友達できたんだねえ」

杏樹がチェリーをポイと口に入れながら言った。

俺は驚いて「は？」と返してしまった。少し緩くなっていた眼鏡がズリッと下がり、慌てて上げ直す。

「ト……？　なんで？　トモダチ？　はい？　ちが」

「なんでそんなに動揺するかなー。その同い年の人、友達なんでしょ？」

杏樹に笑われ、椎葉まで口元が少し緩んでいた。

「してない。動揺とか。……友達じゃないよ。ただの知り合いだ」

「うん、そうだね。それでもいいよ」

「いいとか悪いとかじゃ……」

「私がちょっと安心したってこと。……手酷く追い出しといて、今更だけど」

「杏樹」

「でも、謝らないよ。必要だと思ったからしたの」

「……そうだな」

そこまでさせたのは、俺だ。そう思ったけれど言葉にはしなかった。過去を振り返ってもどうしようもないのだから。

俺と別れて杏樹はきれいになり、俺はたぶん情けない男になった。もしかしたら以前からそうで、自分で気づいていなかっただけかもしれない。四十になって現実を突きつけられた衝撃は大きかったが、まあ五十とか六十になってからよりマシだろう。なんなら死ぬまで気づかない場合もあるわけで……それってどうなんだろうか。自分を過信したまま死ねるなら、本人はある意味幸福なのか？　けれどそんな勘違い野郎の周囲にいた人は、きっと幸せじゃなかったよな。むしろだいぶ不幸なんじゃないのか。

杏樹がそうならなくてよかった。今こうして、きれいで、笑っててよかった。

離婚は正解だった。これでよかったんだ。

腑に落ちるってこういう感覚なのかな……俺は自分のみぞおちあたりを撫でつつそう思った。腑には落ちたが、その冷たい後悔の石が消えたわけではない。

たぶん俺は、杏樹を失ったことをずっと悔やむのだろう。悔やみながら納得するということも、人生にはあるわけだ。

杏樹は二個めのチェリーを食べている。

帰り際に渡されたマフラーはふわふわに洗濯されていて、柔軟剤の香りがした。


杏樹たちと別れ、蔦屋敷に戻る途中でスマホが鳴った。

発信者は神鳴だ。

神鳴が電話してくるのは珍しい……というか、もしかしたら初めてじゃないか？　あと五分も歩けば帰宅という場所で、歩きながら俺は電話に出る。「もしもし」の三文字目を言ったあたりで『今どこにいる』と被せてくる。硬い声だ。

その瞬間、いやな予感がした。

「あと五分で着くけど」

『むぎちゃを病院に連れて行く』

「え」

『かかりつけ、二丁目のモリ動物病院だな？』

「そ、そうだけど……え、なに、むぎちゃどうし……」

『タクシー来たから出る。あんたも病院に来て』

慌ただしく通話が切れた。

俺はスマホを持ったまま立ち尽くし、真っ白になりかけた頭をブンブンと振って駆け出した。大通りまで全力疾走して、目を皿のようにしてタクシーを探す。空車マークに向かい全身を使ってアピールし、止まってドアが開くまでの時間をやたら長く感じた。むぎちゃを拾った夜を思い出すが、あの時は自分の手の中にむぎちゃがいた。今はいないぶん、不安感が大きい。

モリ動物病院までは、車なら十分程度だ。もっと近所にも動物病院はあったが、ご近所情報で一番評判のよかったところをかかりつけ医に選んだのである。

病院に到着し、待合室に駆け込む。

すでに診察時間は過ぎているが、連絡して受け入れてもらったのだろう。神鳴はいたけれど、その膝の上にキャリーはない。

ということは、むぎちゃはもう診察室だ。

「先生が診てくれてる」

神鳴が言い、俺はようやくその隣に腰を下ろした。ガクン、という座りかたになってしまった。

「なにがあったんだ……？」

「何度も吐いた。たぶん、なにか食べたんだと思う。食べちゃいけないものを」

今日は洋が大学に行っている日だったので、むぎちゃは俺の部屋で留守番だった。猫にとって誤飲誤食は時に命取りになる。それは知っていたから、部屋はちゃんと片づけていたはずなのに――。

「ゴミ箱がひっくり返ってた」

神鳴の言葉にギクリとする。蓋付きのゴミ箱を使っているが、ひっくり返れば中身が出てしまう。中……中に、なにがあった？　ほとんどは紙くずのはずだ。とくに飲むと危ないもの……針や糸、ピンとかは……ないよな？　なかったよな？　わからない。覚えていない。

「………どうしよう」

どうしようもないことなどわかってるのに、言った。

「どうしよう。俺のせいだ。俺がゴミ箱なんか置くから」

「ゴミ箱くらいみんな置くでしょ」

「もっと……蓋がガッチリして、ぜんぜん開かないようなのにしておけばよかった」

「そんなゴミ箱は使いにくい」

「でもそうしておけばよかった」

「大丈夫だ。様子がおかしくなって、すぐに連れてきたはずだし」

「おまえが気づいたの？」

そう、と神鳴は眼鏡を外し、目を擦る。なんだか疲れている様子だ。

「ケコッ、ケコッって……吐いてる音が聞こえて。あ。カギ壊した。ごめん」

「べつにいい」

それより、ありがとう、むぎちゃの異変に気がついてくれて。そう続けるべきだったのに、俺は一瞬ためらってしまって、そのあいだに神鳴のスマホが鳴った。神鳴は表示された番号を見てすぐに切る。

「母親」

俺は聞いていないのだが、そう言った。

「……着信拒否にしてないのか」

「うん。してないね」

「なんで？」

神鳴はいくらか首を傾げて「うーん」と少し考えた。

「ガス抜き的な……？　僕は電話にでないけど、鳴らすことはできるわけだから……。

それで相手は多少は気がすむのかな、と……住所も職場もばれてるから、そっちへ乗り込まれるよりマシでしょ」

「それも時間の問題なんじゃないのか？」

「大学は、事務所や警備に取り次がないでくれって伝えておいた。事情を詳しく話したわけじゃないけど、なんとなく察してくれたみたいだ。家族だろうと部外者だから、僕が拒めば構内に入るのは難しくなる。でも蔦屋敷はなあ……このあいだは洋が頑張ってくれたけど……あの子にしんどい思いはさせたくない……」

「…………これ」

俺は今日もらった椎葉の名刺を差し出す。

「杏樹の……元妻の友人の弁護士。諦める前に相談してくれって」

「諦める……？」

なにを？　と言いたげに、神鳴の語尾が上がる。実は俺もそう思った。椎葉が「諦める前に」と言った時、なにを諦めるって？　と思ったのだ。

親から逃げること？　親と戦うこと？　その両方？

あるいは……なにもかも？

むぎちゃはまだ出てこない。どういう処置をしているのだろう。

ふだんなら、飼い主も一緒に診察室に入れるのだが……検査をしているのだろうか。

X線だとか？　猫ってどうやってX線撮るんだ？　そもそも、嘔吐の原因が誤食じゃなかったら？　なにかほかに、重い病気があったりとか――。

　俺は何度も時計を見る。

　時間が経つのが遅い。ものすごく遅い。

「……帯のデザインできた」

　ふいに神鳴が言い、スマホを操作しだした。例の、顔写真が載るというやつだろう。まったくもってどうでもいいことだったが、今はどうでもいいことが必要でもあったので、俺は神鳴のスマホを覗き込む。

「……なにこのポーズ」

「ポーズ指定されたんだよ」

「眼鏡クイッとすりゃカッコイイと思ってんのか」

「ちょっと思ってる」

「まあ俺もちょっと思ってる」

　そう返すと、神鳴は鼻息だけでフッと笑った。帯の中の神鳴は洒落たシャツとベストの組合せを身に纏《まと》い、黒縁眼鏡のテンプルに軽く中指をあてている。いかにもという知的な笑顔もまた、指示されたものだろう。アオリ文句は『気鋭の若手学者、生きる知恵として行動経済学を指南！』とある。

若手……？　象牙《ぞうげ》の塔界隈では、四十は若手なのかもしれない。それ以上はとくにコメントすることもなく、神鳴もスマホをしまう。まだ三分も経ってない。

「子供の頃、身体が弱くて」

今度はそんな話が始まった。

「よく病院に行った。母親に連れられて」

「……ふうん」

「とくに消化器系がだめで。下したり、吐いたり。……夜、急に具合が悪くなることも多くて……タクシーや救急車呼んで。母親は車の運転ができなかったし、父親は仕事でいないことが多かったから」

どういう相槌が適当なのか、よくわからなかった。けれど神鳴は俺が無言のままでも、勝手にポツポツと話を続ける。

「小三くらいまで、そういうことが時々あった。病院で寝てると、母親がベッドサイドで泣いてるんだよ。可哀想に、可哀想にって……看護師さんが母親を励まして……そんな光景をよく見てたな。でも、いつのまにかその症状はなくなった。成長して身体が丈夫になったのね、って母親は言ってた」

「そうか」

「……りっちゃん、『シックス・センス』って映画観た？」

どうもあちこちに話が飛ぶ。俺は一拍おいてから「観たけど……だいぶ忘れた」と答える。学生時代に観た気がするから、結構古い映画だ。ブルース・ウィリスだっけ？

「そっか。僕、あれ観たとき、子供の頃の記憶が蘇ってきたんだよね」

「幽霊が見える男の子の話だよな？　おまえも子供の頃に幽霊を見たとか？」

「いや。そっちじゃなくて。……主人公の男の子がさ、女の子の幽霊に会うところ覚えてるかな」

「……思いだせない」

「女の子の家に行くと、埋葬のあとの会食で人々が集まってて、嘆き悲しむ母親を慰めてるんだ。女の子は病死ってことになってるけど、実際は違う」

……そんなエピソードあったか？　でも神鳴が言うなら、そうなんだろう。ずいぶん昔に一度観たきりなので、部分的にしか覚えていない。

「母親が、食事に毒物をまぜてたんだ。なんだったっけ……たぶん洗剤みたいなもの。自分で子供を病気に仕立ててあげて、献身的に尽くし、周囲からの同情を集める。そうせずにはいられない精神疾患……代理ミュンヒハウゼン症候群ってやつ」

その映画を観て、神鳴は思い出したそうだ。

幼かった自分が具合が悪くなったのは、必ず食事の後だったこと。

時々、スープや味噌汁の味がおかしかったこと。

でもそれを指摘すると母親がとても悲しむので、言わなくなったこと。我慢して、食べていたこと。

つまり……映画と同じことが起きていたと？　ぞわり、と背中が粟立った。

「ある晩……父親の出張が中止になって、突然帰ってきた。ちょうどその時、母親は夕食の支度をしてたと思う。僕は部屋で宿題してたんだけど……台所から怒鳴り声が聞こえてきた。父がものすごく怒ってるんだよ。ふだんはほとんど口もきかない両親だった。喧嘩にもならないくらい冷え切ってて、でもその日は違った」

——自分がなにをしているかわかってるのか！

父親が怒鳴り、鍋の落ちる激しい音がしたという。神鳴は様子を見に行ったものの、大声を張り上げるふたりに怯え、とくに母親の形相がまさしく鬼女のように恐ろしく、自分の部屋に引き返したそうだ。

「そのあとどうなったか……覚えていないんだよね」

首を傾げ、平坦な声で言う。

「というか、このことも映画を観るまでは忘れていたわけで……正直、どこまで正しい記憶なのか自信もない。ほら、人間って簡単に記憶を改竄《かいざん》するし。映画のエピソードを勝手に自分に投影して、それっぽい過去を、脳がねつ造したのかもしれない。母親への憎しみが強すぎてさ」

……なんだかもう、めちゃくちゃコメントしにくい。

俺はむぎちゃの無事を祈ることに専念したいのに、なんだってそんな重たい話をぶっ込んでくるんだろう、こいつは。

「父親に事実確認すれば？」

「べつに事実が知りたいわけでもない」

「でもおまえの記憶が本当なら、それってもう犯罪だろ」

「普通の虐待も犯罪だよ。…………ふ」

唐突な笑いだった。俺がぎょっとして神鳴を見ると「普通の虐待って、変な言葉だよね」とひきつった頬のままで言う。よくよく見れば、目の下の影が濃い。もうどれくらい、ろくに眠れていないのだろうか。

それきり、ふたりとも黙った。

アカリは父親を嫌い、母親に絶望し、逃げてきた。

神鳴もかつて母親から逃げ、見つかっては連れ戻され、それを繰り返している中で俺の伯母に会った。姓を変え、蔦屋敷という場を得て、だがまたしても見つかった。

逃げる。自分の親から逃げる。本来なら自分を守ってくれるはずの存在から逃げる。

それはどれほどつらいことだろう……と想像を試みるのだが、どうもだめだ。もちろんつらいであろうと直感的には受け取れるのだが、自分ごととして捉えるのは難しい。

こっちの胸まで痛む、みたいなシンクロ感はない。
　他人の痛みを、自分の痛みのように感じる人がいるという。
すごいよなと思う。同時にしんどそうだ、とも思う。俺のように共感性が低いほうが、
生きて行くのはラクかもしれない。けれどたぶん、人からあまり好かれない。そりゃあ
そうだ。俺だって、俺みたいな人間とはあまり友達になりたくない。
　だが、そんな共感性が欠如している俺でも『子供は虐待されるべきではない』ことは
理解している。というか、人は誰だって虐待されるべきではない。俺だって虐待された
くないから、ここは共感を持ってそう言える。自分を害する者が近くにいたら、逃げな
ければならない。だが加害者が親の場合、子供が逃げるのは難しい。そこも理解できる。
親は子供の庇護者であると同時に、支配者でもあるからだ。
『守る』と『支配する』――違うけれど、似てはいる。自分の管理下に置かなければ守
れないし、管理するのは支配することに近い。
　また神鳴の電話が鳴る。
　神鳴はまたすぐに切る。
　一瞬表示された発信者はＭだった。
　Mother? あるいは Monster?
「アカリちゃんがさ、言ってたろ。私はママを捨てることにしたの、って」

今日の神鳴はずいぶんとお喋りだ。俺は頷いて「言ってたな」と返す。

「羨ましかった。俺はそう決心するのに、ずいぶん時間がかかったから」

「まあ、親はそう簡単に断捨離できないだろ」

「……それ、面白いこと言ったつもりなら失敗してるよ」

「俺はお笑い芸人じゃない」

「そうだね。あんたは素でそういうこと言うよね。……ま、僕の場合、なんとか逃げてもまた見つかったしなあ……とっくに捨てたつもりなんだけど、向こうはぜんぜんそう思ってない。まるでさ、カットピザだよね」

「は？」

「一枚のピザからさ、ひと切れカットするじゃない。カットされたピザは、もう独立したアイデンティティを得ているんだけど、もとの丸いピザからしたら『いいえ、おまえは私の一部よ』ってなるじゃない」

なに言ってんだこいつ。

俺はアイデンティティのあるピザになど会ったことはないぞ。

「それをどう説得したらいいんだろう。どうすれば手放してもらえるんだろう。なにをすれば、親をちゃんと捨てられるんだろうって……夏以来、ずっと考えてる。必死に。ラーメン吐くほど」

「ふうん。見つかったのか？」

返事はなかった。まあそうだろう。親を捨てるいい方法……そんなものがあるなら、毒親で苦しむ人はもっと少ないはずだ。

「だからって、諦めたわけじゃないだろ。考えるのを」

自分で言いながら気がついた。椎葉の言っていた「諦める前に」はそういうことなのだろう。考えること、方法を探すことを諦めないでほしい、ひとりで戦い続けて絶望し、膝をついてしまう前に、協力者を得る道に目を向けてほしい……椎葉は弁護士として、そう伝えたかったのだ。

けれど神鳴が俺の問いに答えることはなかった。

待合室はとても静かだ。ふだんはオルゴール調の環境音楽が流れているのだけれど、時間外のいまはそれも止まっている。かすかにむぎちゃの鳴き声が聞こえてきた気がして、俺はピクリとその方向を見る。けれど診察室の扉が開く気配はない。

カウンターの内側から、固定電話の鳴る音がする。

時間外なので留守番電話に切り替わった。誰かのニャンコやワンコが緊急事態なのだろうか。うちのむぎちゃのように苦しんでいるのか。

ああ、時間が経つのが遅い。

考えてみれば、いつだって、どの瞬間だって、どこかで誰かが苦しんでいる。

理智を手に入れた人間が牛耳っているはずのこの世界で、信じがたいことに、いまだ戦争や紛争は起きているし、食べものに困る人がいる。ミルクの飲めない赤ん坊がいる。そしてそれらすべてに共感していると、たぶん人はストレスで死ぬ。

だから距離のある悲劇の感触はずいぶん薄まって伝わる。

俺などとくに共感性貧乏なので、今は自分のペットの嘔吐症状の心配で手一杯だ。

もっとも、誰が世界で一番不幸かを考えるヒマがあったら、争いの渦中にある異国に寄付したり、あるいは身近な人にできる範囲で手を貸すほうがましだろう。少なくとも俺はそう考える。寄付のほうは少額であれば難しくはないが、もうひとつはなかなかの難易度だ。アカリや神鳴の力になれる気が、まったくしない。

診察室の扉が少し開く。

俺は弾かれるように立ち上がった。先生が顔を覗かせて「どうぞ、入ってください」と言う。神鳴はまだ座っている。その肩、コートの生地を摑んで引っ張り上げ、ふたりで診察室に入る。

「ニャオゥ」

診察台の上にむぎちゃがいる。俺を見上げ「ニャオニャオ」と続けて鳴いた。「ひどいめにあったではないか」と文句を言っているようだ。俺が手をそうっと伸ばすと、ゴツンと頭突きをしてくる。大丈夫だ。元気だ。俺はほとんど泣きそうだった。

「X線から戻った時、吐いてくれたんですよ。これです」

膿盆《のうぼん》、というのだろうか。空豆形をした銀の器に、紐状のなにかが載っていた。むぎちゃの胃液でベタベタになっているそれを見て、俺は「あ」と声を出す。

「新聞とかを……括《くく》る紐《ひも》……？」

医師は「ですね」と頷く。

「ポリプロピレンフィルム。いわゆるＰＰ紐です。飲んじゃう子、たまにいるんですよ。裂けやすいし、遊んでて楽しいのかもしれません」

「でも戸棚にしまってて、出しっぱなしにはしてな………」

言いかけて、思いだす。一昨日が資源ゴミの日だった。俺は古雑誌をまとめ、紐で括り、残りの紐は確かに戸棚に戻した。だが、雑誌を縛った時、ビヨンと余ってしまった部分……そこでむぎちゃが遊ぶといけないと思い、結び目で短めにカットし、それをゴミ箱に捨てたのだ。

「捨てた端っこを……ゴミ箱をひっくり返して……」

「ンニャウ」

むぎちゃがまた鳴く。神鳴がそっと撫でている。俺は蚊の鳴くような声で「すみません……」と医師に謝った。腕はいいがあまり喜怒哀楽を出さない医師は、いつもと同じく淡々とした様子で「大事にならなくてよかったです」と言う。

「注意不足でした……」

「まだこれくらいの子は、色々ひっくり返しますから」

「はい……」

「単純X線では異変は見つからなくて……紐だとまず写らないんです。なのでバリウムを飲んでもらおうと準備していたところで吐き出してくれました。よかったです。万一、まだ紐が体内に残っているといけないので、帰ったあとも見守りをお願いします。食欲や元気がなかったら、すぐに連れて来てください」

「はい、必ず」

「ミャゥワゥ」

「帰るぞよ」とむぎちゃが自らキャリーに入る。ちんまりと収まり、くるりとした目で「蓋を閉めるがよい」みたいな顔をする。俺はもう、その場に蹲りたいほど脱力していたのだが、なんとか踏ん張ってキャリーの蓋をそっと閉めた。家で入れるのは至難の業《わざ》、病院ではほぼ自動で入る……猫キャリーあるあるだ。

嬉しい重みのキャリーを抱え、待合に戻って会計を待つ。

「はぁ……」

「ふぅ……」

神鳴と俺は同時に溜息をついた。

ふたりで何度も「よかった」「よかったな」「マジよかった」「紐ヤバイ」「マジヤバイ」「けどよかった」と繰り返した。すごく頭の悪い会話になってしまうのは、精神疲労のせいだから仕方ない。

俺の気分がいくらか持ち直し、X線っていくらなんだろう……という金銭的懸念がよぎりだした時、高齢男性が危うい足取りで入ってきた。

右手に杖、左手にはキャリーを持っている。俺たちには目もくれず、受付カウンターに身を預けるようにして、「あのう、あのう、すみません」と荒い息の中で言う。

すぐに看護スタッフが出てきた。

「すみません、さっきお電話した……」

「はい、高井戸《たかいど》さんのモモちゃんですね」

「ここに来る途中も、また痙攣《けいれん》が」

「わかりました。キャリーいただきますね。先生もすぐに来ますので、こちらで少しお待ちください」

「すみません……すみません……」

スタッフはキャリーを抱えて診察室に移動する。

受付カウンターに縋っていたおじいさんが、グラリと傾いだ。俺たちはほぼ同時に反応したが、キャリーを抱えていた俺より神鳴のほうが素早い。

すぐにおじいさんを支えて「大丈夫ですか」と声を掛ける。

「ああ、すみません……うちの猫が急に……もう年寄りだから……」

神鳴はおじいさんに対して大丈夫かと聞いたわけだが、返答は猫に関してだった。それくらい猫のことで頭がいっぱいなのだろう。わかる……。

診察室の扉が開き「高井戸さん」と呼ばれる。

神鳴は入り口までおじいさんを支えて同行した。そもそも脚が悪く、さらに動揺しているせいもあるのだろう、膝がガクガクと震えている。ペットも高齢、飼い主も高齢……あのおじいさんの家は近いのだろうか。歩くとどれくらいなのか。電車に乗る必要があるのか。車の運転はできるのか。仮に今はできたとして、あと何年できるのか。猫は、おじいさんは、何年生きるのか——。

まずい。

とても悲しい気分になってしまった。

「神鳴」

「なに」

「なにか楽しい話をしてくれ」

「毒親のせいでラーメンもろくに食えない僕に、楽しい話を要求すんの？」

「そうだった。ごめん」

「……むぎちゃが紐を吐けてよかったじゃない」

「確かに」

「洋にLINEしなよ。心配してるから」

「そうだな」

俺は蔦屋敷のグループLINEに診察結果を報告した。たちまち返ってきたポジティブなスタンプを眺めつつ、むぎちゃを撫でているつもりでキャリーを撫でる。

中から「ニャウン」と声が聞こえた。

むぎちゃ、寒くないだろうか。俺は自分のマフラーを外した。今日杏樹から返してもらったカシミア製だ。注意深くキャリーのジッパーを一部だけ開け、中にそのマフラーを差し込む。

気に入ってくれれば、むぎちゃがフミフミを始めるはずだ。

7

十二月二十四日。クリスマス・イブである。

ジングルベルジングルベルもろびとこぞりて恋人がサンタクロース。クリスチャンの割合が1％程度と言われている日本だというのに、プレゼントだのケーキだのチキンだのと浮かれる愚昧《ぐまい》な者どもめ――などと俺が毒づくと思ったら、大間違いだ。なんと、俺は世俗的クリスマス肯定派である。子供の頃から、クリスマスを楽しみにしていた。サンタクロースの存在は信じていなかったが、俺のことをなにも知らない外国のヒゲじいさんより、俺をよく知る祖父母のほうがずっと的確なプレゼントをくれるわけだし、実は日本がオリジナルだというイチゴと生クリームのショートケーキも大好きだ。切り株のやつはイマイチである。さらにいえば、イブの夜の定番だったマカロニグラタンも待ち遠しかった。ばあちゃんの作るホワイトソースにはカニがたっぷり入っていて、子供心にうちのクリスマスは豪勢だと思っていたものだ。二十歳の時、グラタンに入っていたのはカニカマだったと知ったわけだが、

「でも、それでいいんだ。よかったんだよ。カニカマ、うまいじゃないか」

拳《こぶし》を握り、俺は力説する。

「じゅうぶんに美味しいんだよ、あれで。というかむしろ本物のカニより美味いだろ。カニを超えたカニだろ。輸送費、保冷費、人件費がドカドカのった、やたら高価なリアルカニを否定する気はない。だが合理的とはいえないだろうな。ま、『高額だから美味である』というステイタスを消費したいなら、それは自由だとは思う。……で、ケーキ、グラタン、もうひとつ我が家のクリスマスに欠かせなかったのが、これだ」

ドンッ。

座卓の上に、それを置く。

「お。パーティバーレル」

すでに座っていたトモが言った。仕事が終わり、ひとっ風呂浴びたのだろう、まだ髪が少し湿っていた。モコモコしたセーターには雪だるまが編み込んであり、童顔なトモによく似合っている。

「そう。クリスマスといえばチキン。本来七面鳥だが、日本ではチキン。むしろチキンが正統。そしてパーティバーレル。まさかきみら、カーネルさんちのチキンが嫌いということはあるまいな？」

「いや、フツーに好き。ただ、おでんと一緒に食ったことはない」

トモの隣で、キヨが「俺も」と呟いた。安心していい、俺もない。

座卓上のラインナップは、おでん鍋、チキンバーレル、ちらし寿司である。ホームパーティとしての華やかさは充分だが、統一感はゼロだ。

「このバラバラな感じがホムパ的でいいよな。それに、幾ツ谷さんが自らなんか買ってくるの珍しいし」

「否定はしない。店の前を通った時、ついチキンのにおいにつられた」

帰ってきたばかりの俺は、ようやくトモの向かいに座った。今日は土曜で仕事は休み、ホムセンまで行って、むぎちゃのフードと冬用の猫ベッドを買ってきたのだ。フカフカでフワフワでヌクヌクのやつである。むぎちゃは大喜びでその猫ベッド……が入っていた段ボール箱に飛び込んだ。猫あるあるの中でも、上位に食い込む現象だ。

「なんか最近、おでん多くないか？」

俺が言うと、トモが「アカリちゃんのリクエストなんだって」と教えてくれる。へえ、おでんが好物なのか。例の一件の翌日、アカリは洋に金を返したそうだ。レアグッズが買い戻せるわけではないが、洋はそれでよしとした。絵のモデルのほうもさっそく始めているようで、ほっぺちゃんまでモデルになっているらしい。美少女とオカメインコの取り合わせ……どういう絵なのか、ちょっと想像がつかない。

「ちらし寿司はキヨが作ったんだぜ。まあ、市販のタネ混ぜただけだけど」

「錦糸卵《きんしたまご》は……トモが……」

「そうそう、俺が作ったから、なんか太い錦糸卵だけどかんべんな」

「いや……上手……」

「ぜんぜんヘタクソだろ」

笑いながら言うトモを見つめるキヨの目から、ハートがぽわぽわと生まれてそのあたりを漂い出した。蚊でも叩くように、パァンッと潰してやりたいところだが、残念なことにこのハートは目に見えない。トモを見ている時のキヨは目尻が下がり、多少だらしない顔になる。ハンサム度は落ちるが、幸福度は爆上がりだ。どんなに口数が少なくても、このノッポがトモにぞっこんなのが伝わってくる。

そっか、と俺は悟ってしまった。

四十のクリスマスにして悟ってしまった。理解した。つまりこれが愛情表現だ。べつに言葉にする必要はなく、ましてうまいこと言う必要はなく、たぶん理論的に述べたりするのは最悪で……これだけでいいんだ。ちゃんと相手を見ているだけで伝わるものなのだ。目は口ほどに物を言うというのは、真実だった。

そうだよなあ。そりゃそうだ。

相手を見つめているってことは、それだけ観察していることになるんだし、ならば相手の状況がよく把握できるはずなんだから。

機嫌がいいのか悪いのか、体調はどうなのか、心配ごとがあるのか……たとえば俺のように鈍い男でも、データの蓄積があればある程度の予測がつく。そしてデータとは一極的に取ると偏る。日々の蓄積が大事なのだ。

それをサボっていた結果が、離婚なわけで………。

「りっちゃん？　しっかりしろ、戻って来い」

トモが身を乗り出して、俺に語りかけている。

「……俺、また遠い目になってた……？」

「うん。ほら、むぎちゃ撫でて落ち着きなよ」

いつからそこにいたのだろう、トモは膝の上から俺の愛猫を持ちあげる。むぎちゃが「ニャオーゥ」と文句のように鳴き声をあげ、それでも一応俺のところに来て頭突きをしてくれる。『猫の頭突きは愛情表現』とどこかに書いてあったので、それを信じると決めた俺だ。

病院へ駆け込んだのが三日前、むぎちゃはすっかり元気になった。カリカリもよく食べ、水もよく飲み、よいウンチをモリモリ出してくれている。むぎちゃの鳴き声に反応したのか、隣の和室からはほっぺちゃんが「カワイー！　ホッペチャンカワイーネ！」と叫んでいる。さらにレトロなラジカセからはクリスマスソングが流れていて、なかなか賑やかなクリスマスだ。

ちなみにラジカセは弥生さんの遺品だが、現役で日々活躍している。

「みなさん、メリークリスマス〜」

襖を開け、顔を見せたのは洋だ。頭には紙製の三角帽を被り、大きなトレイにホールケーキを載せていた。よし、生クリームとイチゴのクラシカルタイプである。

続いてアカリも入ってくる。いつもジャージかスウェット、その上には洋が貸している半纏《はんてん》……という格好だったアカリだが、今日は見たことのないノルディック柄のセーターを着ていた。ライトグレー地に赤で模様が入っていて、クリスマスにぴったりだ。

「あ、セーター似合うなあ、アカリちゃん」

トモが言うと、恥ずかしそうに「洋さんが、くれたんです」と言う。さすが洋……クリスマスプレゼントを用意していたのか。俺はパーティバーレルで大いばりするところだった。危ない危ない。

座卓の真ん中にケーキが置かれ、みなが席に着く。

紙糸子さんは出張中、神鳴は遅れての参加なので、今は全部で五人だ。トモキヨは並んでいて、洋がその横に加わる。向かい側に俺とアカリだ。

アカリはきちんと正座し「あの」と全員を見た。今日は髪も可愛くなっているのだが……うまく説明できない。えーと、なんていうのこれ？　両サイドの髪だけ後ろにもってって、一部お団子みたいにして……とにかく可愛いし、表情がよくわかる。

「あの……実は今日……誕生日で……」

エッ、と全員がアカリに注目する。アカリは勢いよく頭を下げ「すみませんっ」と謝った。つまり、今日、クリスマスが誕生日で十八歳……昨日までは未成年……⁉

「み、未成年ってわかったら……ここにいられなくなっちゃうと思って……あと少しで誕生日だから、黙ってようって……」

まだ頭を下げたままで、そんな言い訳をする。

「そんな……た、大変や……」

洋が珍しく狼狽《うろた》えていた。無理もないことだ。

「そうだ、大変なことだ。下手をしたら、未成年者略取誘拐罪になる」

俺の言葉にアカリは小さくなり、トモが「でも、紙糸子さんが最初に電話したんだよな、お母さんに？」と聞く。そういえばそんなことを言っていたような……。

「それに、洋から聞いたけど……家の事情的にも、帰せば万事丸く収まる感じでもなさそうだったじゃん？」

「まあな……だとしても、嘘はよくない。ほら、洋があんな深刻な顔になってる」

眉間に皺を刻んだ洋は、俯きがちになにかを考え込んでいる。俺たちの会話は耳に入っていないようで、「誕生日……今日が……」とぶつぶつ言っていた。その様子を見て、アカリは硬い顔つきでセーターの袖口をギュッと掴んだ。

「なんちゅうことや……誕生日……」

「あ……あの、洋さん……本当に……」

「仏前用の……いけん、あれはサイズが……」

サイズ？　なんの話？

俺が訝《いぶか》しんだ直後、洋はがばりと顔を上げ「そうてや！」と表情を明るくした。ズイッと立ち上がり、ドタドタと部屋を出て行ったかと思うと、またすぐに戻ってくる。その時には手になにか持っていて……。

「一本あたり、二歳いうことで！」

そう言いながら見せた。肉厚な手のひらに載っていたのはろうそくだ。ええと……九本、か。色はバラバラ、大きさも微妙に違っている。

「弥生さんがおった頃は、誕生日んごとケーキでお祝いしとりました。丸いんでも、カットしたケーキでも、ろうそく立てて……」

ああ、と小さく声を立てたのはキヨだ。目を細め、記憶を辿る顔になる。トモも懐かしそうに「よくやってたよなあ」と呟く。

「そっか、これってあの時に余ったろうそくなんだな」

「はい。わぇも忘れかけとりました。いやあ、よかったあ……クリスマスケーキやけど、こうしてろうそくを立てたら……」

九本のろうそくが立つ。クリームの上に。イチゴのそばに。砂糖細工のサンタの傍らに。

「バースデーケーキになります！　アカリちゃん、これでかまんやろか？」

アカリはほとんど泣きそうな顔になっていた。

「こんなことしてもらえる立場じゃないのに……」

申し訳なさそうに、そんなことを言う。すると洋が「まぁた、そがいなこと言うて」と笑い、トモが「子供は遠慮しなくていいの」と言い、俺が「いや、今日で成人なんだろ？」と突っ込んで、キヨに睨まれる。

洋がろうそくに火をつけた。

トモが廊下側の襖を完全に閉め、天井灯も消す。日中だが、それでも部屋がいくらか暗くなる。アカリは揺れる小さな炎が増えていく様をじっと見つめていた。うーむ、この流れで行くと次は……。

「そしたら、みんなで歌おか？」

やはりそうきたか。

だが俺はもう何年もバースデーソングなど歌っていない。杏樹の誕生日祝いの時も、歌は省略した。ちなみにプレゼントは熟考の上、自分で好きなものを買ってもらおうと思いギフト券にした。はい、今はわかっています。俺はそういうところがダメだった。

よろしい、ならば歌おうじゃないか。

今日の主役はまだ十八歳、そして俺はだいぶ大人なので、こんなところで歌なんかイヤだとごねたりはしない。上司とのカラオケは断るが、取引先とならば心を無にして歌ったこともある。べつにオンチというわけでもないし、むしろ音程は取れるほうだ。やれやれ、俺の美声を披露する時がきたか……眼鏡のブリッジをカチャリと上げ、洋の「せーの」に合わせて、息を吸い込み……、

「♪ハァピバ……」

「♪생일 축하합니다～！」

えっ？

えっ……なに……何語それ？　もしかして韓国語？

戸惑う俺を置き去りに、トモキヨと洋は慣れた様子で異国のハッピーバースデーを歌う。あ、いや、ハッピーバースデーはもともと英語だから異国の言葉なんだけど、想定してなかった異国が来た。セ、センイルチュ……？　アカリはといえば、最初は目をパチクリさせていたが、すぐに納得した顔になり、みんなと一緒に手拍子をしている。俺はといえば、手拍子のタイミングさえ失ったまま歌が終わってしまった。

そしてアカリがろうそくを吹き消し、トモキヨと洋が「おめでとう」を唱和し、拍手を……俺も拍手はしたものの、釈然としない。なに、この置いてきぼり感……。

「ちょ……今の歌って……」

「あ、アカリちゃんの願いごと聞く前に、ろうそく消しちゃったなあ」

「ほうや、いけんいけん、忘れてしもうた！」

「べつに願いごととか……自分らしく……生きて行ければ……」

「なあ、今の歌なんだけど」

「そうだよな、自分らしく生きて行くのが一番だよな。それって言うほど簡単でもないしなー」

「ほいたら、ケーキはいったん冷蔵庫に戻しましょか。先生が帰ってきよったら、みんなで食べましょう。キヨ兄ィ、おでんのコンロ、点けてくれますか？」

「……ン」

「なあ！　俺だけ一緒に歌えなかったんだけど！」

とうとう声を張ってしまった俺に、トモがうるさそうに眉を寄せつつ「あー、言ってなかったっけ」と肩を竦める。

「ほら、弥生さんの推し七人じゃん？　だから誕生日が年に七回あったわけ。あ、いや、グループ結成日もあるから八回だな。そのたび晩メシが豪勢で、ケーキもつくから嬉しかったな〜。俺たちも推しに感謝しつつ、彼らの母国語でハッピーバースデー歌ってたから、もう完璧に覚えてんだよね〜」

「じゃ、しょっちゅうあったバースデーって……」

「推しのだよ。俺たちの誕生日は『あっ、そうかい。おめでとさん！』だけ」

えー……それって……いや、それはそれで楽しそうな推し活ではあるけど……。

「いや、でも今日はアカリちゃんの誕生日だよな。ならふつうに日本語で……」

反論しかけた俺に、トモが「アカリちゃんの推しも向こうのアイドルだから」とあっさり答えた。そうなの？　と驚いてアカリを見ると、ちょっと恥ずかしそうに、

「アイドルっていうか……ジニョンは演技《ヨンギ》ドル……」

と言った。ヨンギドル？　なにそれ？　ポカンとしている俺に、洋だけが「すんません、幾ツ谷さん……」と申しわけなさそうな顔になる。

「…………いいよ……次回までに覚えるよ……センイルナントカ……」

俺がぶつぶつ言っていると、隣の和室から「ホッペチャンカワイー！　♪センイルチュッカ〜ハムニダ〜」と聞こえてきた。くそう……オカメインコにも劣る俺……。

ともあれ、ノンアルで乾杯した。

アカリは俺と洋のあいだに座っている。俺が「そのセーターいいね」と大人の社交術を発揮すると、「クリスマスプレゼントが、誕生日プレゼントになりました」と嬉しそうに答えた。俺も気の利く大人として、プレゼントのひとつも用意しておくべきだっただろうか。いやいや、だがトモキヨだって……。

「じゃーん。これは俺たちから」

……くそう……出てきたよ、ラッピングされた箱が……如才ない奴らめ。アカリは驚いて「え、でも」と遠慮したが、キヨが無言で箱をズイと出し続けるので、結局受け取った。中から出てきたのはぬいぐるみで、それだけならばありふれてて しかも子供っぽいわけだが……、

「わっ、オカメインコ！」

アカリの声が跳ねる。

「そー。そいつ、ほっぺちゃんに似てるだろ？」

トモが言うと、アカリは「うん」と素直に頷き、実物大サイズのほっぺちゃんぬいぐるみを両手でそっと包んで頰ずりした。どうやらすごく気に入ったようだ。

「……ほっぺちゃんとはいつかお別れなんだなって……よく考えてた。この子となら、ずっと一緒にいられる。ありがとう……」

そう、ほっぺちゃんは現在里親募集中なのだ。

なんとかしてむぎちゃと共存できないかと、試しに少しの時間だけ同じ部屋にいさせてみたりもしたが……むぎちゃの目は輝き、狩る気満々にお尻を上げてフリフリしていた。これはだめだ。野性が目覚めてしまうと、悲劇の予感しかない。

「えーと。すまないが、俺はなにも用意してなくて」

「あ、ぜんぜん。それが普通だし」

「だよな？　俺たち他人だもんな？　よし、でも特別に、好きなおでん種を譲ろうじゃないか。なにが一番好きなの？」

「餅きんちゃく」

うっ……よりによって餅きんちゃくとは……大根に続く、俺のおでん三選のひとつじゃないか……。しかも洋の作る餅きんちゃくはチーズ入り……。

「あの。無理しなくていいので……餅きんちゃく、ひとつで十分だし……」

しまった。動揺が顔に出たらしい。十八歳に気を遣われてしまった……。俺たちの会話を聞いていたトモが「りっちゃん、色々顔に出すぎだろ」と笑う。

「いっそ感心するよ。よくそれで組織で働けてるよなあ」

「か……会計士はプロフェッショナルの集まりだからな……会社員とは違う……」

などと言いつつ、以前の大手事務所を辞めたのは、上との折り合いが悪かったのも原因のひとつだ。

「会計士って、税理士となにが違うの……？」

チキンを手にしたアカリに「それは俺が買ってきたぞ」と言おうかと一瞬思い、さすがにやめておき、「税理士は税金のプロ。会計士は大きい会社の会計が間違ってないか調べるのが仕事」と答える。

「そうなんだ……弁護士は、法律のプロだよね」

「そう。資格に興味あるの？」

「っていうか……手堅い仕事で生きて行きたいから……」

うむ、それには賛成である。とはいえ時代の変遷が激しい昨今、これからの若い人にとって、なにが手堅い仕事なのか判断が難しい。いわゆる士業も、今後は人工知能に市場を奪われるかもしれないのだ。

「でも……私頭悪いから……そういう仕事は無理かな……」

「アカリちゃん、そんな……」

そう言いかけた洋とほぼ同時に、俺は「え、頭悪いんだ？」と返してしまった。トモキヨに（おい～）という顔で見られ、またしても自分の失言を悟る。

「あ、いや、だって……頭悪いのはやっぱり不利だからな……」

「……学校、休みがちだったから……」

「ん？　授業に出られなかったから、成績が悪いってこと？」

俺が聞くとコクリと頷く。そりゃ授業に出てなければ、成績が下がるのは当然だ。

「でも、成績が悪いからって、頭が悪いとは限らない」

俺が言うと、チキンの脂で唇をテカらせたアカリがこちらを向いた。オッサンがこうなるとだいぶアレだが、若くて可愛い子ならリップグロス効果だ。

「え……そうなの……？」

「成績は学校の勉強の成果を測るもの。だからちゃんと学校に行ってることが前提。きみもまじめに授業受けてたら、成績よかったかもしれない」

「…………」

「成績がいいことは大事だよ。進学には圧倒的に有利だからね。ただ、頭のよさは一種類だけじゃない。成績優秀タイプとは別のバージョンもある。たとえば、洋は絵が抜群にうまい。目からの情報を脳が処理し、それを平面に再現する能力が高い。これも頭のよさのひとつでしょ」

ほぇ〜、と洋が頰に手を当てる。

「わぇ、頭がええとか、初めて言われました……学校の授業は真面目に聞いとりましたけど、数学やらの成績はさんざんで……」

「俺は授業サボりまくったけど、成績は上位」

トモが自慢げに言うので「要領がよかったんじゃないか？」と俺は返した。

「全体像を摑む能力と、その中から要点を汲む能力、両方高いんだ。そうすると、試験でどういう問題が出るのかわかる。暗記もわりと得意だから一夜漬けも有効。こういうタイプはなにをさせても如才ない。ただし飽きっぽいから、退屈な仕事はすぐにほっぽり出す……」

「うわ、当たってる。俺いま、初めてりっちゃんのこと尊敬しかけた！」

初めてか。しかも、しかけただけか……。

「とにかく、人の頭のよさ……つまり脳の得手不得手はそれぞれなんだよ。だから、きみが頭がいいか悪いかなんて、まだわからない」

アカリはまだ俺を見ている。

「自分はなにに向いてるか、自分の脳はなにが得意か、やってみないとわからないから学校では色々させられる。とはいえ、みんなが学校大好きってわけじゃないのは周知の事実だ。きみが学校に行きたくないと思っていたなら、それはたぶん学校という場の問題で、きみが悪いわけじゃない」

じっとこちらを見るアカリの目……これは……俺が実はイケオジだと気づいてしまったか……？

「それでもできれば高校は卒業したほうがいい。そのあとの選択肢が増えるから。単位はぜんぜん足りてないの？」

「……三学期、ちゃんと出れば卒業はなんとか……」

「でも学校に戻るってことは、家に戻ることになるのか……。それはだいぶ不安があるなあ。きみの父親はどうやらやばそうだし、ママもきみを守ってはくれなそうだし……三学期だけ転校とか……あ、そうだ。この人に相談するといい」

俺は椎葉の名刺を渡し「信頼できる弁護士さんだ。最初の相談は、お金の心配しなくていいって」と説明した。アカリは名刺を両手で受け取り、じっと眺めて「ありがとうございます」と言う。おお、『ございます』いただきました。

「なあ洋、アカリちゃんをモデルにした絵ってどうなってんの？」

トモが聞くと、洋はたぶんみっつめのチキンの骨をつるりと口から出し「だいぶスケッチさしてもらいました」と答える。

「見たいな。俺、洋の絵好きなんだよね」

「……見たい……」

トモばかりか、キヨにまでリクエストされ、洋はやや照れたように「そしたら、持ってこうわい」と一度席を立って二階のアトリエへ行き、大きなスケッチブックを手に戻ってくる。座卓の一部を空けて、そこにスケッチブックを置き「今のところ、この構図でいこうと思うてます」とあるページを開く。

俺も覗き込んだ。

画面の中にアカリがいる。

深く俯いていて顔がほとんど見えないが、確かにアカリだ。頭の形や首、肩のラインでそうとわかるのだから、やはり洋の描写力はたいしたものだった。

アカリの肩に、ほっぺちゃんがとまっている。

鳥って描くの難しそうだが……羽根の質感とか、すごいなこれ……。スケッチだったが、水彩でおおまかな色がつけられていた。イメージを固めるためなのだろう。羽根の質感まで感じられるほっぺちゃんのボディは白、頭部は蛍光イエローと明るい色合いなのだが……肝心のアカリはほとんどモノクロームだった。黒と白、そしてグレーに少しの青……俯いている構図なのもあり、重たい空気を纏っている。

「なんか暗い絵だな」

正直者の俺は正直な感想を言ったのだが、トモが眉を寄せて「まぁた、そういう……」と俺を睨む。

「りっちゃんに搭載されてる辞書、語彙《ごい》が少なすぎじゃね？　ほかに言いようがあるだろ。シリアスな情感があるとかさあ」

「いえいえ、ほんまに暗い絵やけぇ」

「いや、その、悪い意味じゃない。確かにシリアス。ウン」

乗り出していた身体を引きつつある俺の隣で、アカリはいまだスケッチを見つめ、

「……洋さんはすごいね」

と呟くように言った。

「これ、たしかに私だよ……私が暗いんだから、絵が暗くなるのは当然なんだよ……洋さんは、私の内面を描いてるんだね……」

どうやら、彼女もこのスケッチを見たのは初めてらしい。

課題のテーマは『感情』だったはずだ。それを考えると、テーマを表現することには見事成功している。スケッチの中で俯くアカリが漂わせるのは若さの光ではなく、苦悩してきた者の澱《よど》みだ。それに比べ、苦悩を知らない鳥は光を放つような色彩を持ち、上を向いている。彼女を置いて、今にも飛び立ちそうに。

「んー、どうやろなあ……これは、アカリちゃんが暗いいうか……わぇが暗いんやと思うなあ」

暗い？　洋が？　我らが大家さんが？

おおらかで、大柄で、力持ちで、いつもニコニコ優しい洋が暗い？

そんなわけがない、いったいなにを言い出すんだと思った俺だ。トモキヨもまた怪訝《けげん》な顔になっていた。それに気づいた洋がちょっと笑いながら、

「写真に出るんは写した風景そのものやけど、絵に出るんは、描いた対象以上に、描いたほうの人間やと思うんです」

そう語る。

「でも……洋はべつに暗い人間じゃないだろ？」

俺が聞くと「自分がどういう人間か答えるのは難しいですなあ」とまた笑う。洋はいつもこんなふうに笑うのだ。まるでそれが癖になっているかのように。

「わぇは幾ツ谷さんや先生んごと、上手に喋ることができません。もしかしたら、その代わりに絵ェを描いとるのかもしれんのう。ほうやけえ、少なくともわぇの一部分は絵に出てしまうんです」

そして俺は相変わらず、洋についてほとんど知らない。

曾祖母とともに、小さな離島で育ったこと。

大伯母の弥生さんを頼って、美術の勉強をしに東京に出てきたこと。つまり、洋の両親は洋を養育していなかった。弥生さんの遺産相続にも現れていないので、すでに亡くなっているのだろうと推測した俺だが、洋の口からはっきり聞いたわけではない。神鳴は事情を知っているのだろうか。本人に聞けばすむ話なのかもしれないが——。

「わぇも、父親が苦手で」

洋が言う。いつものように穏やかに、けれど視線は誰とも合わせずに。

「アカリちゃんと違て、実の父やけど……苦手いうか……話がまったく通じない……噛み合わない……？　とにかく、ようわからん人で……」

父親、生きてるのか？　それとも、そういう人だったという話なのか？

わからないけれど聞きにくいのは、洋が浮かべている微笑みのせいかもしれない。作り笑いというわけではない。ただ、「大丈夫だから。気にしないでいいから」と……時々、そう言われているような、やんわりとした壁を感じてしまう。

「そういう感情に引き摺られて、暗い絵になったんやと思います。アカリちゃんはもっときれいな子ぉやのになあ」

「そんなことないよ。これ、めちゃくちゃ私だよ……上を向けないんだ……勇気を持ちたいのに、なかなかそうできなくて……でも、この絵、好き」

アカリはスケッチブックを手に取り、熱心に見つめる。

「ほっぺちゃんのとこ、光が点《とも》ってるみたい」

「ほっぺちゃんの黄色いトサカは、げにきれいやもんなあ」

「うん。これをキャンバスに油絵で描くんだよね。できあがるの楽しみ」

洋とアカリが見つめ合い、互いににっこりした。たぶん今度は、本物の笑みだ。むぎちゃが静かだなと思ったら、いつのまにかキヨの胡座に移動して落ち着いている。座卓のチキンに手を出さないあたり、お利口すぎる……。

「おっと、おでん煮詰まる〜。ちくわぶが底で焦げるぞ」

トモが卓上コンロの火を弱めた時、カラカラと玄関の引き戸が開く音がした。ようやく神鳴が帰ってきたらしい。ドタドタと、ずいぶん急ぎ足で廊下を進んでいる。やれやれ、行儀の悪い奴め……と思っていたら、

「幾ツ谷さんッ！」

シュタンッと勢いよく襖が開き、叫ぶように呼ばれた。

驚いた俺の箸からはこんにゃくがぷるんと飛び出し、キヨの胡座からはむぎちゃが跳ね上がって飛び出し、ダダーッと洋の肩まで一気に駆け上がる。

「ひどいんです！　モイはひどいんです！」

叫ぶのは林だ。

「隠し事してます！　一緒に起業しようとしてるのに、そんなんじゃ困る、ちゃんと話してほしいって頼んだのに……仕事には関係ないからって……！」

突然の闖入者《ちんにゅうしゃ》は髪を振り乱し、心のほうもだいぶ乱していた。洋の肩でむぎちゃがフーッと威嚇する。そうだよな、怖いよな、俺もびっくりしてこんにゃくを拾うこともできない。

「え……えっと、落ち着こう。まず落ち着こう？」

林と、それから自分に言った。だが仁王立ちの林は、俺の言葉などまったく耳に入っていない。

「この子のせい！」

ビシイッ、と林が指さしたのはアカリだ。アカリのほうは、ポカンとして林を見上げている。

「正直に言って！　あなた、モイとどういう関係なわけ？」

「……な、なに……モイって誰……」

「とぼけないで！　べ、べつに、あなたたちがどういう関係でも、じぶんはべつに……！　ただ、それを隠されるのがいやなの！　だって、それって……ッ」

のしのしと近づいてくる林に、アカリはずりずりと尻で下がり、洋の後ろ側に隠れるように回った。むぎちゃと同じ安全地帯を選んだわけである。

「モイに、信頼されてないってことじゃん……ッ」

涙声だった。怒りと悲しみと興奮で、いつも白い顔が赤らんでいる。

ドドド……と廊下を走る音がした。今度こそ神鳴かと思ったのだが、なんと現れたのは白ポメ雲井である。

「リンリン！」

息せき切っている。林を追いかけてきたらしい。おそらく、ふたりで話している途中で、林がヒートアップして乗り込んで来たのだろう。

「来ないで！」

「こ、こんなところで迷惑だよ！」

「モイが正直に話してくれないからじゃん！」

ギチギチギチバサバサバサギョーッ！

隣室からは、ほっぺちゃんの叫びだ。そりゃ人間がこれだけ大騒ぎしているのだから、オカメインコだってつられるだろう。

「だから、昔のことだし、べつに話す必要もなくて……」

「なに隠してるの⁉　そんなにこの子のことが大事なわけ！」

「そんなこと言ってないよ！」

「一緒に会社作ろうとしてる長年の友より、大事だってことなんでしょ！」

ギョギョギョッ、ピチーッ！　ホッペチャン！　ホッペチャンカワイーッ！　シャーッ！　ウミャミャミャ、キシャーーッ！　あああ、むぎちゃがあんなに毛を逆立てて……。

「あんたもなんとか言えば！」

「ちょ、林さん落ち着……」

「わ、私は、その人のこと知らない……」

「ほらっ、ボクを知らないって言ってるだろ！」

「モイくんも、冷静に……」

「知らないはずない！」

「リンリン、人にはいろんな事情があって……」

「こっちは勇気を出して言ったのに！　ちゃんと話しあおうとしたのに！」

ギョギョギョッ、ピチーッ！　ホッペチャアアン！　フギャー！　シャゲェェェ！

大混乱だ。とにかくまず、むぎちゃである。

今にも洋の肩からジャンプし、言い争うふたりのどちらかに飛びかかりそうだった。

俺は洋からむぎちゃを受け取り、グネグネ暴れるのをなんとか制し、部屋の隅に置いてあったケージの中に入れた。もとい、押し込んだ。ちょっと引っ掻かれたが、むぎちゃが暴れて怪我をするよりはぜんぜんいい。

そしてケージごと、ダイニングに避難させる。あの喧噪《けんそう》の中にいるよりましだろう。フーフーと興奮しているむぎちゃに「ごめんな、ちょっと待ってて」と声を掛け、俺は急いで座敷に戻る。いつもよく磨かれた廊下で、あやうく滑って転びかけた。まったくもう、なんなんだあいつら……。

「モイのことが信じられないよ！」

「なら、無理に信じてくれなくていい！」

「心友だと思ってたのに！」

「裏切られたのはボクのほうだよ！　信じてもらえないなんて！」

「ピュイーーッ！　ホッペチャンカワイーーッ！」

う……うるさい……。

「ちょっと、静かにしなよ、鳥がパニック起こしてるじゃん！」

アカリまで参戦し始めた。

「知らないよ鳥なんか！　そもそもはあんたのせいなんだから！　あんたさえ現れなければモイは……っ」

「はあ？　私はこんなポワポワしたヤツ知らないし！　勝手な言いがかりつけられて超迷惑なんだけど！」

「ちょ……そんな言い方はないよ！　きみはボクのことホントに忘れちゃったわけ？」

ああああ、うるさい、耐えがたい。

俺はうるさいのは嫌いである。

議論は好きだが、理性のない言い争いも嫌いである。

洋はおろおろしているし、トモキヨはやや遠くから見学を決め込んでいる。

「もういやだ！　モイと起業なんかしないっ」

「へー、そう！　いいよべつにっ！　疑われたままなんて、こっちだってごめんだよ！　プログラマーなんか探せばいくらでもいるんだから！」

「あー、そう！　探せばいいんじゃない!?　モイの夢に付き合ってくれるような暇人が見つかるといいよね！」

「ホッペチャアアアン！」

あああああ、もう！

「おまえらッ、やかましいんじゃ！」

大音量で叫んだ俺に、全員が黙り、ビクリと動きを止める。

びっくりしたのだろう。実は俺もびっくりした。

自分の肺活量がここまでとは思っていなかった。あと、なんで語尾が『じゃ』だったんだろう。東京生まれ東京育ちなのに。洋の方言がちょっとうつったのだろうか。

とにかく怒鳴ってしまった。

理性がメタル眼鏡をかけていると呼ばれた俺が……いや、呼ばれてないけど……とにかく、大声で他人に圧をかけたりするのが嫌いな俺が、怒鳴ってしまった。それくらいイライラしたのだ。

林が肩を竦めたまま固まってる。雲井はワンコ目を見開いている。

そしてアカリは洋の後ろでぺたりと座ったままだ。洋はびっくり目のままやたら姿勢がよく、トモキヨだけがちょっとニヤニヤしていた。

「…………コホン……モイとリンリン、座んなさい」

今度は静かに言う。ふたりは俺に従い、おずおずとその場に座る。別に正座しろと言ったわけではないけれど、きちんと膝を揃えた。

「あのね。まず、人様んちで騒がない。小学生じゃないんだから」

林は俯き、雲井は「はい……」と小さくなる。

「話がある時は怒鳴らないで理路整然と述べること。自分の感情を叫ぶだけじゃなにも解決しない上に、周囲に迷惑だ。猫もオカメインコも怖がる」

今度はふたり揃って「はい」と項垂れる。

「そんな子供っぽい振る舞いをしてるようじゃ、世の中を変えるような組織を作るなんて無理だ。起業舐めんな。猫と人が幸せに暮らせる社会？　うちのむぎちゃはきみらの声が怖くて、自分まで攻撃的になっちゃったじゃないか。俺は引っ搔かれたぞ」

赤い線の残る手の甲を示しつつ俺は説教した。ふたりともさらに俯く。

「ほんと勘弁してほしい」

ここぞとばかりの、盛大な溜息もついてやる。

すみませんでした、とモイの蚊の鳴くような声がする。

「この聖なる日に、なんたる騒ぎ」

ぜんぜんクリスチャンじゃないけど、言ってみた。今度は林が「……み……せん……」とぶつぶつ言うので、

「謝罪は相手に聞こえなければ意味がない！」

と指導すると「は、はいっ、すみませ……っ」とだいぶ声が大きくなった。そうそう、やればできるじゃないか。うむ、久しぶりだが説教はやっぱり気持ちいいな……！　新人研修をまかされていた頃を思いだす。若者を導くのは手間がかかり面倒だが、優秀な者に課せられる仕事のひとつなのだ。

「しかも、今日はアカリちゃんのバースデーパーティでもあるんだ。彼女の十八歳の門出を祝うための場を、きみたちは台無しにしたんだぞ」

「あの、幾ツ谷さん、私はもういいんで……」

アカリはそう言ったが、俺は「いやいや、こういうのはきっちりしないとな」と返した。大人として、そして雲井と林のメンターとしての義務がある。

「いいか、会社を作るのはそう難しくない。仲間を集めるのも最初のうちはうまくいくし、みんなで大きな目標や希望に向かって団結できる。難しいのはそれを継続させることなんだよ。違う人間が同じ方角を向き続けるなんて、実際はほぼ無理と考えていい。仲間割れが原因で消えたスタートアップなんてざらにある」

そう、いつでも事態をややこしくするのは人間関係である。

「ケンカをするなっていう話じゃない。意見が合わない時は議論すべきだ。でも今日のきみたちのは、子どものケンカだろ」

雲井も林もなにひとつ言い返せなかったが、やや離れた位置からポソリと「もっと子どもっぽいケンカ、夏に見たよなあ……」とトモが言う。もちろんここは聞こえないふりの俺だ。

「繰り返すが、起業を舐めるな。遊び半分でできることじゃない。覚悟ってものが必要だ。組織を作って社会に参画するには責任が伴うし、金だって動く。その金がぜんぶ自己資金ならともかく、誰かに出資してもらったなら責任は重大だ。モイくんは、投資家にも愛猫家はいるだろうから説得したい……みたいなことを言ってたけどね。あのな、いくら猫が好きだろうと、金だって大好きなんだよ。その金が増えると思うから、投資しようと思うんだ。金がなきゃ猫だって飼えない。原材料のしっかりした、いいフードは高い。しかもペットだって病気になる。動物病院に一回行くといくらかかるか知ってるか？　人間よりぜんぜん高いぞ？　要するに、金は血だ。血液だ！　市場を流れているものとしてもそう言えるし、なくなると死にかねないものとしてもそう言える。金は……金はなあ、とっても大事なんだ！」

　俺は熱く語った。勢いに気圧《けお》されたのか、雲井と林は口を開けたまま聞いている。そうなんだ、金は大事………ええと、なんの話だった？

「あーあ、またりっちゃんが金の亡者になってる」

　失礼千万なセリフが聞こえた。

　いつ帰ってきたのか、座敷の入り口に神鳴が立っていた。座卓を見て「おでんにちらし寿司か。昼食べてないからお腹減ったよ～」と言いながらのそりと入り、自分の定位置に腰を下ろした。話の腰を折られ、俺としては面白くない。

「人を亡者扱いするな。こんなに元気に生きているだろうが」

「りっちゃんは金の話になると熱くなりすぎるからなー。金なんてしょせん幻想にすぎないのに……あっ、今日は共存おでんだね？　ちくわとちくわぶが両方入ってる！」

「幻じゃないだろ。金は実際に存在して、社会を回している」

「確かに存在してる。幻想として」

「幻想じゃない。俺の財布に入ってる」

神鳴は洋から小皿を受け取り、菜箸でちくわを取りながら「あんたの財布に入ってるのは、丸っこい金属と紙だ」などと言った。要するに硬貨と紙幣のことである。

「そんなことはわかってるよ。でもその金属と紙に価値があるから、みんな必死に働くわけだろ！　あっ、しゅうまい天はひとり一個だからな！」

「僕、しゅうまいはそんなに好きでもないけど、しゅうまい天は大好きなんだよね……。そう、『価値がある』とみんな思ってる。だから小さな紙キレでモノが買える。貨幣論でいうところの共同幻想ってやつだ。クレジット決済だって、実際の貨幣なんか動いていないからね。買い手の口座から売り手の口座に、ただ数字が動くだけ。スマホでピッとやるのも同じ理屈。だからって金が大事なことに変わりはないよ。僕たちはその共同幻想の中で生きているわけだから。ただ……」

神鳴はしゅうまい天に辛子をつけ、続ける。

「金より大事なものもたくさんある。人間関係だとかね。たぶんりっちゃんはその話をしたかったはずだけど、途中で脱線した」

「…………」

そうだっけ？　と俺は腕を組んで考える。

「みんな怒鳴ったり叫んだりしてるから、玄関に入る前から聞こえてたよ。一緒に起業しようっていうのにケンカしてちゃだめでしょ、そこのふたり」

並んで座っている雲井と林が項垂れ、俺は（そうそう、その話）と思い出した。

「それと、アカリちゃん」

せっかく辛子をつけ終わったのに、神鳴は箸を置いた。小皿にしゅうまい天を残したままで、アカリを真っ直ぐ見る。

なんだか、変な顔をしていた。

いつもの、ちょっと薄笑いを浮かべた、自分が結構イケメンだとわかってる奴特有の、あのすかした顔ではない。かと言って不機嫌顔というのでもなく……表情がないというか、読めない。いつもと違う雰囲気を洋も察知したのだろう、窺うような顔で神鳴を見ている。

「誕生日なんだよね。おめでとう」

神鳴は静かに言った。被るように「オメデトーッ！」と叫んだのは隣の部屋のほっぺちゃんだ。オカメインコなので空気は読まない。

「あ、ウン……ありがとう」

「なにか誤解が生じているようだし、モイくんとのこと、言ったらどうかな？」

「え……？」

「あれ……そうか、アカリちゃん、本当に気づいてないのか……なるほど、モイくんだけが気づいてるわけね」

神鳴が雲井を見る。

雲井はあきらかに戸惑い、一瞬神鳴と目を合わせたが、すぐに逸らしてなにも言わなかった。そして俺にも、神鳴の言わんとしていることがさっぱりわからない。

「彼の名前は雲井くんだよ。覚えてない？」

神鳴に言われ、アカリは「くもい？」と虚を突かれた顔をしている。だが神鳴が「きみ、下の名前なんだっけ？」と雲井に聞き、雲井ではなく林が「敦人です！」とはっきり答えた時……。

「……えっ……ア……アッくん……？」

アカリが目を見開いて言った。雲井は溜息をひとつついたあと、諦めたように肩の力を抜いて「うん。ボクだよ」と答えた。林がたちまち「やっぱり知り合いじゃん！」と膝立ちで雲井に詰めよろうとし、けれどその直後、

「あれ……でも、あの子のほうは……モイに気づいてなかったってこと……？」

と呟いてまたぺたんと座ってしまう。

そうなんだよ。俺も同じ疑問を抱えていた。互いに知り合いなのに、気づいたのは雲井だけ？　なにがどうなってんの？？

「……そうだよ。アカリちゃんは……アーちゃんはボクに気づいてない。あの頃、ボクはコロコロ太ってたから……」

雲井は「だから学校でもいじめられてた」と続けた。

「転校してリンリンに会うまでは、ほんとに学校がいやだった。うちの両親は……なんていうか……生まれながらのポジティブ思考な人たちで……ボクがいじめにあうわけなんかない、って考えてて……ふっくらしてるのも可愛くていいよねって……。スイミングにしても、泳げたらきっと楽しいよ、くらいの感覚で……」

そんな両親に、雲井は「スイミングはいやだ」とは言えなかったそうだ。

「だからしょうがなく通い始めたんだけど……」

雲井はそこで言葉を止めてしまい、なかなか続きが出ない。初めて見せる難しい顔から、彼の緊張と困惑が伝わってくる。

「そのスイミングクラブで、私と会ったんだ」

続きを口にしたのはアカリだった。雲井を見ながら、ひとつ息をついて、「困らせてごめん。もう話していいよ」と苦笑いまじりで言う。

「アーちゃん……いいの？」

「うん。いいんだ、アッくん」

アカリはさらに「ここの人たちは、大丈夫」と付け加えた。

雲井は頷くと、視線を俺たちのほうに向けて、再び語り始める。

「最初は、アーちゃんから話しかけてくれたんです」

学年はアカリがひとつ下だが、スイミングクラブは泳力で組み分けする。ふたりとも、ほとんど泳げないグループに振り分けられたそうだ。

「ボクがプールサイドでゲホゲホむせてたら、『水が鼻に入るの、すごくやだよね』って……。ボクたち、同じゲームが好きだってわかって、いろいろ話すようになって……アーちゃんは優しくて、ボクが太ってること、絶対にからかわなかった。あの頃の、唯一の友達だったんだ。一年くらいして、そこそこ泳げるようになって……ちょうどその頃かな……ほかの子が帰ったあと、アーちゃんが更衣室で泣きだしたんだ。もうスイミングいやだ、これ以上耐えられないって」

――どうしたの、だれかにいじめられた？　コーチにしかられた？

――ちがう、そういうんじゃなくて……。

水着が、いやでたまらない。

アカリはそう言ったそうだ。男の子用のスイミングパンツが、本当に恥ずかしくて、いやで、つらいのだと。

「……え？」

林がアカリを見た。俺もだ。まじまじと見てしまった。

トモキヨも驚いて顔を見合わせていたが、二秒後には「あー」と納得顔になった。洋はといえば、意外にも驚いた表情は見せず、やや困ったように視線を落とす。

「……ウン。ほんと、いやだった。あのスイミングパンツ」

アカリが言う。それから少し笑って雲井を見る。

「アッくん、変わりすぎ。でも、ああ……目は同じだね。昔から、子犬みたいな目」

「アーちゃんは、変わったけど、変わってないね。女の子になってたからびっくりしたけど、顔はそのまんまだもん」

アッくん。

アーちゃん。

互いにそう呼び合っていた、幼いふたり……。

「そうか……だからあの時、モイくんはアカリちゃんをガン見してたのか」

そりゃあ、見るよな。幼馴染みが成長して、性別が変わってたんだから……。

同時に、それを他者に話せないのも納得がいく。本人が隠しているのだとしたら、迂闊に口にしたらアウティングだ。だからこそ親友である林にすら、雲井はアカリのことを話さなかった。林との関係がギスギスしてしまってもなお、アカリのセンシティブな秘密を守ったのだ——俺はちょっと、雲井を見直した。ポヤポヤした小型犬は、自分に気づいてくれない懐かしい友を守ろうとしたのだ。

それにしてもびっくりだ。

見た目的には、アカリはまったくの女の子である。まだ十二、三歳ならば服装次第で女の子に見える男子もいるだろう。第二次性徴が遅ければ、十四、五でもいるかもしれない。だがアカリは今日で十八なわけで……よくよく見れば、首から肩のあたりが男性的なような……いや、でも喉仏もほとんど目立たないし、お肌はすべすべ、ヒゲの気配もなく……。ああ、けれどアカリは、最初のうちはなるべくここの住人と接触しないようにしていたっけ。風呂にしても、母屋に人がいる時は決して使わなかった。

誰より驚いているのは林だ。

茫然自失の顔で、肩がカクンと下がっている。

「神鳴。なんでおまえは知ってたわけ？」

俺が神鳴に聞くと、アカリがハッとした顔になり「もしかして……ウチに連絡したの？」と緊張した声を出す。

「した。親御さんと話したよ」

アカリの顔色が変わった。あれ？　でも……。

「紙糸子さんが親と話して、アカリちゃんをここに置く許可をもらってたんだよな？　一番最初のとき」

俺の疑問に「その母親は偽者」と神鳴が返す。

「は？　偽者？」

「アカリちゃんの友人か、知り合いか……とにかく偽者。芝居はあまりうまくなかったらしいね。紙糸子さんはその時から『なーんか違和感ある』って言ってた。かといってアカリちゃんの差し迫った様子は芝居とは思えない。だからとりあえず、蔦屋敷にいてもらうけど、身元をちゃんと調べよう——僕と紙糸子さんとでそういう話になった。でもきみは身元を特定できるものはちゃんと隠していたから、ちょっと時間がかかったよ。本名と住所がわかったのは昨日。お父さんと連絡が取れて、今日会ってきた。とても心配していて、迎えに行くっておっしゃってたけど……その前にきみと話さないとね」

心配してた？　つまり真っ当な父親だったということか？

アカリは「……お父さんと会ったんだ……」と力なく呟く。

「きみは西山星《にしやまあかり》さん。星と書いてアカリ。お父さんは大手企業の管理職、お母さんは専業主婦」

「え。父親が飲んだくれで暴力的だっていうのは……」

俺の言葉に「それも嘘」と神鳴が返し、アカリが下を向く。

「アカリちゃんが俺たちにした身の上話は、ほぼ作り話。そもそも実の親だし、僕が見た限りではいいお父さんに見えた。とはいえ、人間には裏表がある。どうなの、アカリちゃん。お父さんは本当にきみを蹴ったりする？」

神鳴に聞かれ、アカリは首を横に振った。

「そう。暴言を吐いたりは？」

「……ない……お父さんは……そんなことしない……」

その答えに、俺は心の中で（はあ？）と言っていた。声に出さなかっただけ偉かったと思う。相手が高校生でなければ「ふざけんな」と罵っていたかもしれない。酔って暴れる血の繋がらない父親、不穏な雰囲気のその友人たち、夫を優先し子どもを助けない母親――ぜんぶ作り話か。

やられた。見事に騙されていた。

共感力の乏しい俺だが、それなりに同情していたというのに――。

「小春さんも騙してたわけか」

俺が問い詰めると「小春さんは……なにも聞かなかったから……」とぼそぼそ答える。誰の顔も見ることができないのだろう、俯いたままで話す。

「だから嘘をつく必要もなくて……家のことも、なにも話してない。あの時、私はママとケンカして……私の、将来のことについて……すごく揉めたんだ。だって、ママが今までと急に違うこと言い出すから……大ゲンカになって、私は家を飛び出して……」

ＳＮＳで以前から知り合いだった、トランス女性のアパートに身を寄せたという。

「リアルであったのは初めてで……情緒が不安定なところがあるとか、知らなかった。

そこに泊めてもらって三日目、彼氏とケンカしたらしくて、急にキレ出して……」

その知人の投げつけた化粧水のボトルがアカリの額に当たり、大きな痣ができたという。怖くなって飛び出し、この街に移動した。かつて住んでいたという点は事実だったわけだ。かといって行く当てもなく……歩き疲れ、小春さんの家の前で半べそで蹲っていた。小春さんは、痣のあるアカリを『家でつらい目にあっている子ども』だと判断し、放っておけなかったのだろう。

「アイドルグッズを売ったのは……独立したいのもほんとだけど……性転換手術の費用、貯めたくて……。十八になったら、自分の意志でできること、増えるから……」

ああ、子供だ。

まだぜんぜん子供なのだ。俺はあらためてそう認識する。

自分の確固たる意志でなにかするなら、その費用もまた自分で賄うべき、まして他人のものを勝手に売ってはいけない……アカリも頭ではわかっていたはずで、それでも楽なほうに流れたのだろう。子供で、未熟で、自立するにはもう少し時間が必要で、けれど性別違和の苦しみはその成長を待ってくれるわけではない。さらには法律が変わり、成人年齢が引き下げられ、手にする権利は増えたけれど責任も急に増える。その落差を周囲の大人が支えてやるべきなのだが、それもうまく機能しなかった。アカリが一方的に悪いとは思わない。だからといって、人を騙していいわけではないのだ。

俺はまだいい。アカリになにをしてやったわけでもない。少しばかりの同情を返せとまでは言わない。だが、あれこれと気遣っていた洋の気持ちはどうなる。

——だから私はママを捨てることにしたの。

あんなことを言っていたくせに。

そして、神鳴は？

アカリの境遇に、言葉に、おそらく自分を重ねていた神鳴は？

——なにをすれば、親をちゃんと捨てられるんだろう。

そんなことを言っていた神鳴は？

「林さん」

神鳴が林を呼んだ。ぺたんと座ったまま呆けていた林は「ハイッ」とふだんより明確な発声で返事をし、神鳴を見上げる。

「雲井くんがアカリちゃんのことを話せなかったのは、そういう事情です。ただまあ、だからといって雲井くんがアカリちゃんに対して、特別な感情がないとは限らない」

言葉を促すように、神鳴は雲井に視線をやった。すると雲井は「あの……恋愛感情とかでは、ないです」とはっきり言う。

「アーちゃん可愛くなっててびっくりしたし、すごく懐かしかったし……でも恋愛とかではなくて……」

雲井はいたって真面目な顔でそう語り、最後にフッと表情を柔らかくし、

「よかったなあ、って」

そう言った。

アカリがちゃんと好きな服を着れるようになって。

自分にとって自然な姿でいられるようになって。

他人より自分の気持ちを優先するという、自分の心に従うという、あたりまえのことができるようになっていて、よかったと。泣きながらスイミングパンツを穿かなくてすむようになって、よかったと……そう話した。

「なるほどね。林さん、わかった？」

林は脱力したままコクリと頷く。それから一度顔をグシャッと歪めたものの、泣くようなことはせず、ようやく顔をグッと上げて雲井を見ると、

「ごめん」

とても短く、だが真摯な目で謝った。雲井はニコッと笑って「ウン」と答える。小学生の頃から、ふたりはこんなふうにケンカをして、また仲直りしていたのだろうか。そんなことを想像させるやりとりだ。

ギュッと畳が小さく鳴った。

洋が膝立ちになったからだ。

身体をアカリのほうに向けて間近で見下ろす。

洋のがっちりした体格が目の前にあるのだから、アカリにはずおおお……という効果音が聞こえているかもしれない。しかも洋の顔からはいつもの柔和さが消えている。眉間に皺を刻み、怖い顔でアカリを見つめ続けている。無理もない話だ。育った環境のせいか、もともとの気性か、あるいはその両方か……洋は人を疑うことをあまりしない。その名のとおり、洋々たる心持ちで人に接し、滅多なことでは怒らない。だがさすがに今回は心も乱れるはずだ。妹のように面倒をみていたのに、アカリの身の上はあれもこれも嘘だったのだから……。

「アカリちゃん」

洋が呼び、アカリはほとんど消え入りそうな声で「ハイ」と答えた。洋から目をそらさず、逃げもしないのは、身体が竦んで動けないからだろう。

これはもう覚悟してもらうしかない。洋にだって怒鳴る権利くらいはある。普段が優しいだけに、洋が本気で怒鳴ったら怖いだろうなと俺まで緊張してくる始末だ。

ぶわっ！　と洋の腕が広がる。

そして、がばっ！　とアカリを締めあげ…………いや、違う。

あれは……ハグ……？

「よかった」

洋が言う。アカリはハグされたまま固まっている。そして俺もアカリと同じくらい驚いている。え、なに？　なにが起きてる？

「よかった……よかったのう……誰もアカリちゃんを蹴ったりしてなかったんやな？　痛い目に遭ったりしてないんやな？」

アカリは答えられない。びっくりしすぎて言葉が出ないようだ。ギュウと抱き締められ、そのまま吊り上げられるように膝立ちになり、両手が洋の袖を摑む。指の関節が白くなるくらいに強く摑んでいた。

よかった、ともう一度洋が言った。

アカリは幼子のように、泣きだした。

8

二十五日、クリスマス当日になった。

つい『当日』などと言ってしまうわけだが、これはクリスマスイブを『クリスマス前日』と勘違いしているからだ。正しくは『クリスマスの夜』であって、二十四日の日没からクリスマスは始まる……以前、クリスチャンの知人がそう教えてくれた。そしてそこから一月六日までが降誕節であり、クリスマスの飾り付けは二十五日がすぎてもそのままというのが、西欧諸国では一般的なようだ。

だがここはジャパン。

二十五日は師走の五十日《ゴトオび》、年末間近、多くの会社ではバタバタしている時期であり、街中の飾りつけにしてもリースが門松に成り代わり、サンタが七福神に座を奪われる、そんな日である。

「……え？　そのあと？　うん、そのあとはみんなでおでんを食べた」

俺の少し前を歩きながら、神鳴が紙糸子さんと電話をしている。

肩からフェルト地のトートバッグを提げ、持ち手のところでなにかブラブラしていると思ったら……茶トラカレーにゃパン……！『にゃパン』シリーズ新作！ 俺がネットの抽選予約で外れたやつじゃないか……！

「そうそう。モイとリンリンも一緒に。リンリンがさ、僕たちの派閥だったんだよ……うん、おでんにおける直箸NG派。外食恐怖症の傾向もあるし、初対面の人も苦手っていうタイプだけど……昨日はまあ、色々あったからね。そういうのが気にならなくなってたんだろうな。おでん美味しいって言ってた」

クリスマスイブの顚末《てんまつ》を報告しているのだ。

本当に昨日は……色々あった。ありすぎた。

林が叫び、ほっぺちゃんが叫び、むぎちゃが叫び、雲井までヒートアップして、俺もそれにつられて怒鳴ってしまったし、しまいにはアカリが洋に抱きついて大泣きし……なんだったんだ、あれ。嘘、誤解、真実、赦し……映画だったらそんなコピーがつきそうな狂騒ぶりだった。アカリもモイリンも洋も若いので、青春の一コマになるのかもしれないが、隅っこに四十のオッサンがいたことも忘れないでほしい。オッサンはオッサンなので、とても疲れた。

「大学生ふたりは仲直りして、起業をイチから考え直すんだって。猫のシッター事業に限定しないで、ペットと人が幸せになるための大きな仕組みを作りたいって」

それにしても神鳴のやつめ、自分だけ茶トラカレーにゃパンをゲットするとは。むぎちゃの飼い主として、茶トラだけは必ず入手しようと思っていたのに……。

「たとえば、高齢になってもペットを飼い続ける支援だとかね。もっと仲間を集めて、知恵も集めて……りっちゃんが珍しくちゃんと相談にのってた。事業内容を考えると、ソーシャルベンチャーもありなんじゃないか、とか」

そうなのだ。雲井たちの事業はあまり金のにおいがしない。儲けるより、社会善を優先させるなら、ソーシャルベンチャーのほうが向いている気がする。俺もそっち方面は詳しくないので、勉強しなくちゃなあと思っているところだ。新しいことを学ぶのは嫌いじゃないし、なにより動物病院で見たおじいさんのことがずっと気になっているし……だってあれ、未来の俺かもしれないわけで……。

――歳を取っても、安心してペットと暮らせる社会にしたいよな。高齢者はただでさえ弱者になりやすいんだ。健康面でも、経済面でも……俺だって、年金だけで暮らしていけるわけじゃないし……。

ノンアルだと思っていたら微アルだったドリンクのせいか、ついそんな不安を口にしてしまった俺に、雲井はキョトンとした顔をした。

――え、でも、幾ツ谷さんの未来は安泰ですよね。蔦屋敷《ここ》のオーナーなんだし。

しまった。そこ、訂正しそびれたままだった……。

うまい言い訳を考えるのも面倒になっていた俺は「ああ、違う違う」とずり落ちてきた眼鏡を上げた。深夜は顔が脂ぎってきて、眼鏡が落ちやすい……それもまたオッサンの宿命……。

――ここのオーナーは洋。俺はなんの権利もないよ。なんかかっこつけたくて、訂正しなかっただけ。

アホだろ？　恥ずかしいオトナだろ？

そんな自虐を付け加えようかなとも思ったが、若者達を困らせるだけだろうからやめておいた。呆れられるだろうと思っていたのに、雲井は「あ、そうだったんですね」とすんなり受け止め、林は「へぇ」としか言わない。あれ、と肩透かしを食らった気分だった。でもまあ、俺がいなくなったら笑うんだろう。公認会計士という肩書きだけは本物だが資産持ちでもなく、独身というよりバツイチ、しかも妻から離婚を言い渡され、その妻に未練タラタラだが復縁の可能性はなく、愛猫に縋って生きている四十男だ。前途ある若者から冷笑されても仕方ないかもしれない。

俺がひとりで自己憐憫《じこれんびん》していると、ハイ、と雲井がアイスを差しだしてきた。

雪見だいふく。二個入りの、一個。おでんを食べ尽くしたあとのデザートだ。

――ボク、幾ツ谷さんと会えて本当によかったです。

真っ白な餅に包まれたアイスの向こう、相変わらずのポメ顔がそう言った。

――色々教えてもらって、ここに連れて来てもらって、アーちゃんに会えて……。

アカリは畳の上で丸まって眠っていた。疲れてしまったのだろう。その寝顔は穏やかで、洋がかけた毛布にくるまっていた。

――リンリンとも、前よりずっとわかりあえました。あんな派手なケンカは初めてで、新鮮だったし……。やっぱりボクら、いいバディだと思います。

林が隣でコクコクと頷いた。このふたりの関係は恋愛なのか、違うのか……そのへんはよくわからないが、そんなのは俺が決めることではないし、確かに今のところ相棒《バディ》という表現が一番近いのかもしれない。俺は「そっか」とだけ返した。

――ぜんぶ、幾ツ谷さんから始まったんです。すごく感謝してます。ボクは、その……起業なんて目指すには、ぜんぜん頼りなくて、足りてなくて、見離されてもしかたないはずなのに……さっきも、ちゃんと叱ってくれて……。

ありがとうございます、と雲井が頭を下げた。林も同じようにする。

俺はピンクのピックにさした雪見だいふくを持ったまま「えっ、あっ、ハイ」と少し慌ててしまった。まさか礼を言われるとは思っていなかったのだ。

そしてあらためて気づく。

つまり、これが雲井なのだ。素直で、裏表なく、優しい。

そうだよ。最初からそうだったじゃないか。自分の悪口を言っていた友人を、

——でも、なんだかんだでボクのことを気にかけてくれてるんです。

そんなふうに言うのが雲井だ。人としては俺なんかよりずっと上等で……いいや、そんなふうに人をランクづけする発想すら、雲井にはないのだろう。

いつか彼が起業できるといい。

すぐではないだろう。学生のうちも難しいかもしれない。でもいつか、雲井のまわりには信頼できる仲間が集まるような気がする。そしてたくさんの猫や、もしかしたら犬も、あるいはトカゲたちだって、幸せに人と暮らせるようになるかもしれない。

少しばかり、わくわくした心持ちになった。

アイスを食べたあとも若者たちと夢の話をした。台所から洋が戻り、アカリも起きてきて、話の輪に入った。林はほぼ無言でスマホを弄っていたが、それはメモを取っているからだった。

そんなこんなの夜更かしだったが、さすがに午前一時を回ると、オッサンの瞼《まぶた》はだいぶ重くなる。俺は自室に戻ることにし、同じタイミングで神鳴も部屋に戻った。

その時、こう言われたのだ。

——頼みがある。明日の昼間つきあってくれないかな。

真面目な顔だったし、珍しく下手に出ていた。このあいだむぎちゃを病院に連れて行ってくれた借りがあるので、ここはノーとは言えない俺だったわけだ。

「アカリちゃん、今日お父さんに会って話すことになってる」

神鳴と紙糸子さんの電話は続いている。

「……うん、父親のほうはアカリちゃんの性別違和に理解があったんだよ。十二歳の時にジェンダークリニックに連れて行ってもらって、専門家のカウンセリングを受けてからは治療も始めていたらしい。……そうそう、二次性徴抑制ホルモン治療ってやつ。紙糸子さん、なんでも知ってるねえ……」

アカリの外見が女の子として自然だったのは、そのホルモン治療の効果なのだろう。名前のとおり、第二次性徴に抑制をかけて男性化を抑えていたのだ。

「でも、お母さんのほうは、実のところ納得していなかったみたいだ。女の子になりたいなんて、思春期の一時的な気の迷いに違いない……そう思いたかったんだろうね。ところがアカリちゃんは、十八になったらＨＲＴ《ホルモン補充療法》を始めて、外科手術もなるべく早くしたいと言い出して……だいぶ揉めたらしい」

――私は男の子を産んだんだから、アカリは男の子じゃないとだめなの！

号泣する母親にそう言われ、アカリは絶望したそうだ。

今までは理解してくれていると信じていただけに、反動が大きかったのだろう。母親にとって自分は『異常な子』だったことがショックで、家を飛び出した。一方で母親は、心のどこかで「いつかは『普通』に戻ってくれる」と願っていたらしい。

「……うん、そうだね。子どもの性別違和を否定する……っていうのも、まあ程度がひどければ虐待になるかもしれない。でも、アカリちゃんが家出してから、お母さんはとても後悔しているし、心配ですっかり憔悴《しょうすい》してるようで」

母親なりに、子どもを愛しているのだろう。

ただ、その愛とやらが問題だ。その単語はある意味万能で、すべての理由づけに使えるし、すべてを無意味化することもできる。人は愛しているから捧げるし、愛しているから奪うし、たまには愛しているから殺す。厄介である。

じゃあね、取材頑張って……と神鳴が電話を終えた。

「紙糸子さん、今どこ行ってるんだっけ？」

「八丈島」

「なんの取材で？」

「ウミウシだって」

……よくわからない。次の殺人事件はウミウシが犯人なのだろうか。そもそもウミウシってなんだっけ？　貝の仲間？　クリオネ的な？

俺たちの横をトラックが通りすぎて行く。

交差点、信号待ちでいったん止まる。このあたりは昔から有名な高級住宅街だが、今までとくに用事もなく、俺は初めて来た。

冬の乾いた空気が冷たくて、ダウンジャケットの肩を竦める。ダウンは軽くて温かいけれど、シャカシャカいう生地があまり好きではない。あっ、むぎちゃの毛がついてた……これもよくフミフミするもんな……。

「……茶トラカレーにゃパン、どうやって手に入れたんだよ」

「ふつうに、ネットで」

「……もう一個あったりする？」

「しないよ。予約は一個しか申し込めないの知ってるでしょ」

くそう……悔しい。茶トラオーナーとして負けた気分だ……。

「そんで、俺たちは今どこに向かってるわけ？」

「んー。もうすぐ着く」

「おい。貴重な日曜日を潰してつきあってるんだぞ。このあいだ、むぎちゃを病院に連れて行ってもらった借りがなかったら、わざわざこんなとこまで……」

「ほら見えてきた。そこだ」

そこ、と言われてもよくわからない。いわゆる閑静な住宅街なのだが、建ち並ぶ家々の塀が結構な高さで、家屋そのものはほとんど見えないのだ。金持ちって家を隠すものなのだろうか。あるいは防犯的にそうしたほうがいいとか？　みんなセコムマークつけてるもんなあ。

神鳴が立ち止まった。

塀と生け垣、そしてシャッター式の車庫で、やっぱり建物は見えない家の前で。

「ここだよ」

表札がある。

志良木。

最近さんざん見た姓だ。郵便受けの中の手紙。毎日届く白い封筒の裏、差出人の名前が志良木静江《しずえ》……つまりここは神鳴の……。

「……えーと……帰っていい……？」

思わず正直な言葉が零れ、神鳴が「だめ」と溜息をつく。

「だから言わなかったんだ。絶対いやがると思って」

「イヤに決まってるだろ……。おまえの母親怖すぎるんだよ」

「前にあんたが元妻と会う時、つきあってやっただろ」

「俺の元妻は可愛いだけでおっかなくない」

「頼むよ。こういうのは第三者がいたほうがいいんだ」

「いたってすることないし、喋ることもない」

「黙っててい い」

「ますます、いなくてもいいだろ」

「……アンカー」

神鳴がぼそりと言った。

「え、なに？　俺たちかけっこしてないぞ？」

「そっちのアンカーじゃない。錨《いかり》のほう。りっちゃんは錨みたいなもんなの。僕が流されないための」

まるでひとりだと流されてしまいそうな言い草だ。

「たまには役に立ってくんないかな。僕はあんたと一緒にここに来て、あんたと一緒に帰る。蔦屋敷に」

口調こそいつもと変わらなかったが、神鳴の頬に血色はなかった。たぶんかなり緊張している。いったい何年ぶりの実家なのか。

「っていうか、なんで俺？」

「紙糸子さんいないし、洋に心配かけたくないし、トモキヨは忙しい」

消去法かよ、とツッコミたくなる。

だが実際、俺くらいがちょうどいいのかもしれない。つきあいは浅い。知り合ってたった半年だ。けれど同じ処に住んでいて、同じ人々と暮らして、同じ猫を可愛がっている。それくらいの距離感の俺が、神鳴にとっては利用しやすいわけだ。

しかたない。

むぎちゃは今後も世話になるだろし……腹をくって、あのおっかないママに会うことにするか……。

呼び鈴を鳴らす時、神鳴は息を止めていた。

インターホンから聞こえてきたのは、あの母親の声ではなかったと思う。家政婦さんなのだとすぐにわかった。家の中に入った俺たちを案内してくれたのが、その人だったからだ。

天井、高っ。

リビングに入っての第一印象がそれだ。高級物件のモデルハウス……ただしバブル期以前の、という雰囲気だった。タイルの床材で床暖房、あっちのラグはたぶんペルシャとかのお高そうなやつ、ソファは真っ白な革張りで絶対ケチャップ零せない代物、そしてハイ、出ましたシャンデリア。キラキラしながらぶら下がってるけど、地震の時に怖くないのか、これ。いやあ、話には聞いていたが……。

「ほんとに金持ちだったんだな」

俺が呟くと、神鳴は「うん」と答える。

「俺は金は大好きだけれど、金持ちはべつに好きじゃない。むしろイラッとする」

「そんなことを僕に言われても」

「父親、なにしてる人？」

「医者。父方はだいたい医者か弁護士」

「うわ。そういう一族って、ドラマの中だけかと思ってた」

俺がそう言ったところで、家政婦さんがワゴンを押して入ってきた。一般家庭内でワゴンって使うのか……。ティーポットにティーカップ、ケーキや菓子も載っている。クリスマスによく見る……ええと、シュトレンじゃなくて……クグロフ？　一流ホテルのラウンジみたいなサービスだ。豪勢でＳＮＳ映えしそうだけれど、俺はインスタに猫しか載せない主義だから無意味である。

「静《せい》さん」

家政婦さんと入れ替わりに母親が入ってきた。

今日もやはり和装で、うす水色の着物に水仙が描かれている。嬉しそうな笑みを浮かべる顔は、やはり何度見ても美人だ。若い娘みたいな足取りでいそいそとこちらに来ると、神鳴の前にストンと座って「嬉しい」と頰を赤らめた。

「おかえりなさい、静さん」

母親は息子を見つめて涙目になっている。

息子も母親を見て、少し笑った。記号的笑顔。そんな言葉が思い浮かぶ。

「外は寒くなかった？　本当に嬉しいわ。何度もお手紙を出してよかった。ここに座っている静さん、とても久しぶり……。待っててね、いま紅茶を淹れるから。紅茶はね、その家の女主人が淹れるものなのよ？　ほら、クリスマスのお菓子も用意しておいたの。ああ、帰ってきてくれて本当に嬉しい」

「いいえ。帰ってきたわけじゃないんです」

神鳴が言った。とても穏やかに、母の言葉を否定する。

「ノエル・クグロフ、なかなか売ってなくて取り寄せたの。静さんが好きだったでしょう？　シュトレンだとちょっと重すぎるって言ってたものね」

「ここはもう僕の家ではないので、帰ってきたとは言えません」

「さっきの新しい家政婦さん、山本《やまもと》さんというの。お料理がとても上手だから助かってるわ。今夜は静さんの好きなチキンシチューにしましょうか。シチューは私が作って、山本さんには副菜をお願いすればいいんだし」

「いりません。すぐに帰りますし、夜は自分の家で食べます……蔦屋敷で」

「さあ、紅茶をどうぞ。スモーキーアールグレイよ」

「ありがとう。でも結構です。僕はこの家のものには口をつけません。お父さんは元気ですか。今はどこにいるのかな」

「クグロフによくあうの。ミルクはいらなかったわよね？」

こわいこわい。会話が嚙み合ってなくて、マジでこわい。

それでも母親は嬉しげにポットを傾け、ティーカップに紅茶を注ぐ。

湯気がゆらりと立ちのぼる。紅茶のカップアンドソーサーはふた組しかなく、神鳴の前と母親の前にセットされていた。俺の前にはないのだ。そしてお気づきだろうか……俺はまだ、神鳴の母親と一言も喋っていない。挨拶すらしていない。そもそも一度も目が合っていない。彼女が俺を見ないからである。

ガン無視。

俺は思わず自分の顔やら肩やらに触った。消えてないよな？　ちゃんといるよな？　実際ここにいる人間を、自分の息子の隣にいる人間を、こうも完全に無視できるとは……もはやひどいを通り越してすごい。そして母子の会話はひどいを通り越して怖い。

ああ、早く帰りたい。

「お正月は志良木の一族が集まるわ。いつものように、鎌倉のおうちに」

「僕は行きません」

「静さんが経済学者になったって報告したら、お祖母《ばあ》様が『まあ、悪くないね』ですって。あの方にしては、かなり褒めてるほうよ。ふふ、驚いちゃった。医者と弁護士以外は人間のクズだと思ってらっしゃるのかと」

「お母さん」

「医者か弁護士でも、女だとだめなのよねえ。ほら、いとこの紀代華《きよか》ちゃん、立派な外科医になったのに、お祖母様は決して褒めないの」

「お母さん」

「そんなことより、早く婿《むこ》を取って息子を産めって。息子を医者か弁護士に育て上げなきゃなんの価値もないって。褒められたいなら、お祖母様のように、息子三人みんな医者と弁護士にしなければだめなのよ……。紀代華ちゃん、ハイハイって愛想よく聞いてたけど、お祖母様の部屋から出たら言ってたわ。あの空間だけ、昭和初期だよねって」

「お母さん」

「なんとかのひとつ覚えのように、医者か弁護士って……。静さんは経済学者だから、ちょっと足りないのよ。ああ、違うの、誤解しないで。静さんが足りないんじゃなくて、私が足りないのよ。母として、志良木の嫁として足りないの。だって私が失敗したんだから。あなたを医者や弁護士にできなかったうえに、あなたは突然消えちゃったし」

神鳴は黙った。

この居心地の悪さときたら……こんな付き添い、断るべきだった。金を積まれてもいやだ。……まあ、額によっては考える。

「せっかく男を産んだのにって、いまだに言われるの。……でも、そうなのよね。本家の伯父様も、目黒の叔母様も、娘しかいないんだもの。だから志良木を継ぐの静さんしかいないし、静さんを産んだのは私だし、本当ならみんなから褒められるはずだったんだけど、人生はうまくいかないものよね。お祖母様、少し認知症が出てきたらしくて、言葉がますますきつくなっているの。私を見るたびに『ああ、役立たずの嫁がきたね』ですって。ふふ……歳を取るのっていやね……」

まるで物語の暗誦《あんしょう》だ。

澱まず、とてもなめらかに、スルスルと語り続ける。たぶん彼女の脳内で何千回となく繰り返されていたのだろう。これが芝居のモノローグならよくできている。ただ聞いているだけで、俺にもこの家の内情が把握できるのだから。

金持ちで、医師と弁護士の多いエリート一族。

時代錯誤な男性優位主義が蔓延り、だが現在の権力者は老いた女で——男の幻想に染まった老女が、同じ幻想に囚われた女を罵っているわけだ。何度も言うが、怖い。

「お祖母様、次の春で九十二になられるの。お祖父《じい》様は七十五で亡くなったのに……不死身なのかしらと思ったけれど、さすがに最近は床《とこ》につかれてることが多いわ。でもまだお口は達者でねえ」

ふぅ、と昔の女優みたいな溜息がひとつ。そして、

「はやくしねばいいい」

柔らかい声がそう言った。

……なんかここ寒くないか。天井が高い家は、暖房が効きにくいのかな。いやだなあ。早く蔦屋敷に戻ってむぎちゃの腹毛に顔を埋めたい……。

「静さん」

母親は顔を上げ、息子を見る。

「すぐに帰ってきて、姓を戻してちょうだい？」

「帰らないし、姓も戻しません。今日はそれを伝えに来たんです」

「……………私に、哀れな母親のままでいろっていうの？」

「お母さん、その設定お気に入りじゃないですか」

眉を下げ、半端な笑みで神鳴が言うと、母親の顔から笑みが消えた。

本当に、スッと、まるでデリートキーでも押したのかというように一瞬で消えた。笑みが消えてしまうと、口元やこめかみの皺が目立つ。

「静さん。なにを言ってるの？」

「病気の子の横で、哀れに泣く母親という設定、好きだったでしょう？」

「……………」

「それをすれば、お父さんが帰ってくるからだったのかな？　当時の僕は幼くて、そんなこと理解できませんでしたが」

「……静さん。いやだわ。若いのに、もう認知の歪みが出ているの？」

「そうですね。僕の記憶がおかしいのかも。なにぶん昔のことですし……ああ、でも病院にある程度は記録は残ってるかも……だとしても、なにか立証できるわけでもない。

お父さんは当時のことを覚えているのかな。それでもなにも言わないでしょう。愛人とのあいだにできた娘さん、そろそろ成人する頃かと。お母さんは運がいいですねえ。その人が息子を産んでいて、そして僕が娘だったら、今頃そんな高い着物を着てこの家の女主人ではいられなかったでしょうし」

神鳴もまた、芝居の台詞のようにつらつら言った。そして一度言葉を止め、額に血管の浮き出した母親の顔をしばし見つめると「違うかな」と続ける。

「そのほうが、よかったのかな。僕が娘だったほうが、まだマシだったかも？」

「……いいえ。だめよ。男の子じゃないと……男の子じゃないとだめ。男の子を産んで、立派に育てて、医者か弁護士に……それしか……それくらいしか……女にできることはないから……お義母《かあ》様はいつもそう……」

令和なのに、と俺は思う。

時代は令和で、ＡＩがなんでも答えてくれる世の中なのに、いまだこの手の呪詛《じゅそ》が有効なのか。いや、時代を超えるから呪詛なのだろうか。神鳴の母親は、義理の母に呪いをかけられたわけだが、ということは神鳴の祖母もまた、同じ呪いを誰かにかけられたはずで……それって、どこかで誰かが断ち切ることはできないのだろうか。

「いっそ、僕なんか生まれなかったほうがよかったのかもしれませんね」

「静さ……」

「とはいえ、こんな考えは無意味だ。どう足掻《あが》いても過去は変えられないわけですし。ただ未来は選べます。僕はここには戻らない。お母さんとも、志良木とも縁を切って生きます。相続権も放棄します。弁護士を寄越してくれれば手続きします」

「……いいえ。そんなことにはならないわ」

クッと鶴のように首を伸ばし、母親は言った。

「それは無理よ。縁切りなんて、私がさせないわ。知ってるでしょう、静さん。そうならない為なら、私はなんでもするの」

「程度がすぎると事件になりますよ」

「母親が息子と会いたがるだけで事件に？　なるはずがないわ」

そう言って意地悪く嗤う。和服美人なのか魔女なのか……。

違うか。

ただ、母親なんだろう。

こうなってしまう母親もいるということなんだろう。

「どうかな。昨今、世間は毒親に厳しいんです」

「仮に静さんが私を訴えたとしても、志良木には弁護士が何人もいるのよ」

「知ってます。でも、彼らはお母さんを助けますかね？　息子に逃げられた母親を」

「…………」

　母親は言葉を探しているが、見つからないようだ。それでも俯いたりはせず、むしろ顎を上げる。張り詰めた喉は、苦しげな線を刻んでいる。

「……ま、一族の汚名と考えれば助ける可能性はあるかもしれません。確かに志良木の人たちと、裁判所で争うのは厄介だし、面倒くさい。でも、バトルフィールドが世間全体なら、どうなんでしょう？」

　母親が怪訝な顔をする。息子の言う意味がよく分からないのだろう。実は俺もわかっていない。バトルフィールドが世間全体とは……？

「毒親というワードはＳＮＳでバズりがちです。スマホの世界だけでなく、社会的にも大きな問題とされています。要するにとても目立つんです。志良木の人は世間体をとても気にしますよね。医者や弁護士が多いから、無理もないことですが」

　そんなふうに語りながら、神鳴は持ってきたトートバッグを膝に置いた。

「僕は今日、取引に来たんです」

　バッグの中から、そこそこ厚みと大きさのある封筒を出す。Ａ４サイズの用紙が入る大きさの紙袋がふたつだ。テーブルの上の茶器や菓子を端に除けた神鳴は、その二組の紙封筒を母親の前に並べた。

「僕は経済学者として、すでに一作著書を出しているんですが……近々、二冊目の本が出ることになっています。一般の人にも読める、いわゆる教養本みたいなものですね。

行動経済学って面白いんですよ。人間の行動がいかに理性的ではないのか、というのがよくわかって……」

説明しながら、まず向かって右側の封筒から中身を出した。Ａ４のプリントアウトが百五十枚ばかりの紙束と……例の帯もある。

「これは出版業界でゲラと呼ばれているものです。本の元になる校正刷ですね。ほら、ページ数なんかも印刷されてる。ここにタイトルがあります……『行動経済学への招待　あなたはソレに動かされている』です。タイトルづけは難しくて、編集さんとすごく相談して考えました。ここに畳んであるのが帯の見本です。出来上がった本に巻き付けて、書店の店頭に並びます。僕、なかなか格好よく撮れてるでしょう？」

母親は帯を手に取った。肩からふわりと力が抜け、息子の写真をつくづく眺めると「とてもハンサムだわ」と微笑む。

「表紙を捲《めく》ってみてください」

そう言われ、母親はゲラの一番上を捲った。ゲラは見開きで二ページ分ずつ印刷されていて、左側には中扉、右には白いだけのページがある。神鳴が「もう一枚」と言い、細い指がまた紙を捲る。

あ、と小さな声がした。

見たことのない、けれどとても嬉しいものを見つけた驚き……そんな声だった。

俺もまたそのページを見る。もっと近づいてみたかったが神鳴ママが怖いのでそれはできない。だがなにが書いてあるかはわかった。

謝辞だ。

書籍の巻頭や巻末で、その本を書くにあたり協力してくれた人に感謝を述べるページである。翻訳本で見ることが多い気がする。

――この一冊を母に捧げます。

そう書かれていた。

短い文だが確かに謝辞であり、短いがゆえに心がこもっている一文とも言える。

母親はその文の上を何度も何度も指でなぞり、目を細めている。頰が紅潮し、呼吸がやや速くなっていて、どれほど嬉しいのか俺にも伝わってきた。

とはいえ、解せない。

神鳴はなぜこんなことをしたのだろうか。この程度で母親が懐柔できるとでも？　謝辞でも書けば、もう二度と自分の人生に関わらないでくれると期待したのか？

「静さん……これ……」

「二月下旬に発売予定です。正月の集まりには間に合いませんが、三月にあるお祖母様の誕生会にはみんなに配れますよ。僕の写真が巻かれ、お母さんへの謝辞が入った本です。刊行も大手出版社ですし、お祖母様も少しは喜んでくださるかと」

「嬉しい……嬉しいわ、静さん」

「もう一冊あるんです」

神鳴は左の封筒を開け始める。

二冊同時刊行などという話は聞いていなかったが、俺には言わなかっただけなんだろう。准教授様は大人気なんですねえ……と心の中で嫌味を言っておく。封筒からは同じサイズの校正刷が出てきた。

「ジャンルはまったく違う本なんですけどね」

手にまだ謝辞のページを持ったまま、母親の目はもう一冊のタイトルに釘づけになっていた。言葉はない。俺もまた固まっていた。

なに……なんだ、その本……。

「こっちもタイトルで悩んだんです。編集さんは目立つように刺激的な言葉を使いたがってて、『母に殺される』なんて案もあったんですけどね。結局、これになりました。『崩壊家族　―毒親に殺されかけた経済学者の告白―』……どうです?」

母親の頰からあっというまに血の気が引いていく。

「まだ印刷中なんですが、こっちの帯にも僕の顔写真を使います。イケメンの宿命ってやつかな。ちょっとブルーな表情のやつをね」

「……な……」

「中も見ていいですよ。半分は、僕の日記をそのまま使うんです。当時の記録と、現在の心境という構成ですね。ああ、僕以外の個人名は伏せてあるので……まあ、ちょっと検索すればすぐにばれるだろうけど……志良木の皆様にはご迷惑をかけるかもしれません。いつの世も、金持ちにスキャンダルはつきものです」

「な……なにを考えて……静さん……！」

ようやく、母親の声が出た。

「こんなこと名誉毀損《めいよきそん》よ？　あなたのほうが訴えられるのよ？」

「でしょうね。たとえ書かれている内容が真実であっても、名誉毀損罪は成立しますから。裁判になったら話題性がさらに増しちゃうなあ……。さっきも言いましたが、毒親という言葉に、マスコミも世間もすごく反応するんです」

母親の顔がどんどん青白くなってくる。

大丈夫か。倒れるんじゃないのか。着物って苦しそうだし、帯緩めたほうがいいんじゃないのか。俺がそんな心配をしてしまうほどだ。

ぐしゃり。

彼女の手の中、紙が握り潰される。

謝辞の入った、あのページが。

「取引です。お母さん」

神鳴は話し続ける。優しく柔らかい声で。

「お母さんが僕の人生にもう関与しないでくれるなら、行動経済学の本だけを出します。それはできないとおっしゃるなら、この二冊は同時に発売されます。ああ、その謝辞は入ったままにしますね。読者がいろいろ深読みできて楽しそうですから」

「……っ、せ……静さ……」

「お母さん苦しそうですね。息がしにくいのかな……。わかります、過剰なストレスにさらされるとそうなるんですよ。僕も経験があるし、最近もなりかけました。でも今は対処法を知ってるので、なんとかなってます。吐く時間を長くして、ゆっくり呼吸してくださいね。で、どうします？　ああ、今は喋るのが難しいかな……じゃあ、こうしましょう。僕の提案を受け入れ、一冊だけ出すことにするなら、その謝辞のページを手から離してください。二冊とも出して構わないなら、そのままあと五秒握っていてください。理解できました？　数えますね。5……4……3……」
2、で母親は謝辞を手放した。
握り潰された紙が、テーブルの上に落ちてカサッと鳴く。

「わかりました」

神鳴が言った。

口調はさっきからまったく変化がない。

「取引は成立です。本の発売を楽しみにしていてください。お祖母様が亡くなる前に見せてあげられそうでなによりです。志良木のみなさんによろしく。僕が行かないことについては、人気のイケメン准教授なので忙しいとでも言っておいてください。大丈夫、暴露本が出ることはないですから。お母さんが約束を守ってくれている限りは」

いきなり、母親が立ち上がった。

青かった顔が、今度は真っ赤になってきている。これはまずい……と俺が思った途端、ぐらりと崩れて、また座り込んだ。たぶん血圧が急上昇しているのだ。さすがに対処が必要だろうと隣の神鳴を見て……なんの表情もないことにゾッとした。まるで興味のない絵を、義務的に眺めているような顔だった。

「山本さん」

神鳴が感情のない声で家政婦を呼ぶ。

山本さんはすぐにやってきて「奥様！」と母親を支えた。母親は意識を失っているわけではなく、床に縋《すが》るようにして「へいきよ」と掠れた声を出す。

「血圧を測りましょう。今朝のお薬は飲まれてますよね……？」

「飲んだ……わ……静さ……待ちなさ……」

立ち上がり、荷物をまとめ始めている息子を母親は睨み上げた。

「……こんな……母親に、こんな………」

恨みがましい声を無視し、神鳴はさっさとゲラをまとめてトートバッグにバサリと入れ「帰ろ」と俺に言う。どうやら救急車案件ではなさそうなので、俺は頷いて上着を摑む。俺たちが帰ったほうが早く血圧が下がるだろう。

リビングを出ようとした時、声が追いかけてきた。

「ぜったいに、後悔するから……！」

俺はつい、振り返ってしまった。

家政婦に支えられながら、母親は身体を捩《よじ》って俺たちを睨みつけている。着物に描かれた水仙にも皺が入り、白い花が苦しげに折れている。神鳴が振り返ることはなかったが、歩みは止まっていた。

「母親を捨てるなんて……必ず、後悔する……罰《ばち》があたるのよ……」

呻くように、呪うように言う。

「私を捨てるなんて……私から生まれたくせに……私の中にいたくせに……なんで……なんで私だったものが、私を捨てるの……？　そんなのおかしいでしょう……？」

ああ、ピザだ。

俺は思い出した。少し前、神鳴がしていたピザの話。切り取られたピザの一枚。それは確かにもともとは、ひとつの丸いピザだったけれど——。

いや、でも、人間はピザじゃないし。

だからおかしくない。べつに全然おかしくない。

子どもはかつて母親の中にいて、たしかに母体の一部だった。だが哺乳類ってのは、みんなそうやって繁殖する、それだけの話だ。遺伝情報だって違うわけで、個体としてはあきらかに別の存在なのだ。……などと割り切って考えることができるのは、俺が男で、子どもを産んだことがないからなのだろうか？　子どもと自分を同一視するからこそ、母親たちは命がけで子どもを産める……そんなふうに言われれば反論は難しいが、少なくとも神鳴はもう四十のオッサンである。母親の腕の中で守られるべき赤ん坊ではなく、独立した存在だ。

それでもなお……あの母親にとって、息子は自分の一部なのか。

息子という欠片《ピース》が欠けていると、自分が完成しないというのか。

つまりそのひどい呪いが奪うのは……息子ではなく、自分自身。

「あなたみたいな子は、孤独になるのよ」

俺は神鳴の背中を軽く押した。行こうという合図だ。

「母親を捨てたんだから、あなたも捨てられるのよ……大切な人に」

早く行こう。これ以上、あの母親の呪詛を聞く必要はない。俺にとってはまったく意味を成さず、同時になんの力もない言葉の羅列だが、息子である神鳴には作用しかねない。呪詛とはたぶん、そういうものだ。

「ひとりで死ぬんだわ！」

母親は自分にかけられた呪いを、違う形で息子にかける。それはまるで負の遺産のように受け継がれる。断ち切る必要があることを神鳴はわかっているはずだ。頭のいいやつだからわかっているに決まってる。それでもなかなか動かない。俺は神鳴の背中をぐいぐい押したが、足裏が床に貼りついている。

「最後はひとりで死ぬんだわ……！」

どつく勢いで押すと、ようやく動き出した。

振り返るなよ、振り返らなくていいからな……そんなことを念じながら玄関まで押し続ける。家政婦さんの声が聞こえてくる。奥様、落ち着いてください、また血圧が。母親の声もまだしている。ひとりで死ぬのよ、私を捨てるからよ、うそよ、捨てないで、行かないでちょうだい、静さん、静さん、それなら死んでやる、私が死んでやる、お母さんが死んでもいいのね――。

コートを着るより、早く外に出ることを優先した。

師走の風の手を借りつつ、神鳴を押して歩く。志良木家から遠ざかる。高い壁の街。ずらずら並ぶ豪邸。だが一区画すぎると、わりと普通の家も増えてくる。ちゃんと玄関が見えて、停まってる車が軽だったりしてホッとする。

「おいコラ、いいかげんひとりで歩けよ！」

立ち止まって言うと、神鳴は振り返って「ラクチンだったのに」などとほざいた。蹴飛ばしてやろうと思ったが、軽い足取りで逃げられる。やれやれだ。俺たちはようやくそれぞれ上着に袖を入れ、改めて駅へと向って歩き出した。

「お疲れ、りっちゃん」

ようやく、神鳴が俺を労《ねぎら》った。

「マジで疲れた。一言も喋ってないのに。……あんなの用意してたなら、あらかじめ言って欲しかったんだけど」

「ああ、ゲラ？」

「そう。謝辞にも驚いたけど、あの暴露本のほう……やばすぎる。いくらなんでも、あれは悪手じゃないか？　あんなの出したらおまえにだってかなりのダメージだろ。仕事にも影響するだろうし……。まったく、どこの出版社がOKしたんだ、あんな企画」

「どこもOKしてない」

「え？」

神鳴が横目で俺を見て「あれはダミー」とニヤリとする。

「……は？」

「自分で印刷したの。それっぽく。中身は毒親で検索した記事のコピーとか、適当だよ。途中からはぜんぜん関係ない論文だし」

「はあ？　じゃ、あれを出版するっていうのは……」

「ただのブラフ。そもそも僕の日記は、洋に預かってもらってるままだから原稿になんかできないよ。いやー、プリントが大変だった。あんなの、大学で印刷するわけにもいかないし。久しぶりにキンコーズ行ったなあ……。でも効果的だったようでなによりだ。あの母親《ひと》を回避するには、謝辞を載せたビジネス本だけじゃ足りないでしょ」

澄まし顔で言う神鳴を、俺はめいっぱい眉間にしわを寄せて睨んでやった。

「うっわ……よくそんなこと思いつくな……人がなにをされたらイヤか、熟知してるヤツのすることだな……」

するとと神鳴が「なに言ってんの」と睨み返してくる。

「そもそも、りっちゃんのアイデアじゃん」

「人に罪をなすりつけるなよ。俺はそんな提案してない」

「あーあ、忘れてるよこの人……言ったでしょ、貸金庫で。僕が初めて母親の話をした時にさ。自伝を出せ、って」

「いやいやいやいや、いくらなんでも、そんな暴言…………」

俺の脳内で、海馬《かいば》がキュインと働いた。記憶のファイルをしぱぱぱと処理して、夏の銀行、あの貸金庫の中、日記が出てきたシーンを提示する。

——おまえ、本を出せ。自伝的な。毒親本は売れるらしいぞ。

「………言ったな、俺……」

「言ったよ」

「うわー、言った言った……言ったなあ……」

「だから言ったんだってば。あの空気読まない発言、すごく呆れたからよく覚えてた。それが今回の思いつきに繋がって……まあ、おおむね、うまくいったみたいだけど」

「なるほどね……いやあ、どういたしまして」

「礼なんか言ってないし。言わないし」

神鳴はしらけた顔を見せると、トートバッグを反対側の肩にかけ直し「重っ」と言った。本二冊分の紙束だから、それなりにずっしりくるだろう。

「おまえの母親、血圧大丈夫なのかね？」

「さあね。正直、ある程度弱ってくれてもいいんだけど。出歩けなきゃ、なにもできないんだし」

「死んでやるって叫んでたぞ」

「あれもお約束だから」

神鳴はあっさりと言う。幾度となく聞いてきた台詞なのだろう。

「死んでやる宣言する人、わりと死なないよね……。まあ、たまには実行する人もいるだろうし、仮にこのあと、あの人が本当に………」

死んだとしたら。

そうしたら神鳴はどうするのか。後悔するのか、しないのか。

「そうなったとしてもしょうがないだろ」

俺はそう言ってしまってから、あ、これ、他人の母親が死ぬことを肯定した感じ？と気づいた。しょうがないとかは他人だから言えることであり、またしても共感性貧乏が爆発しちゃったか？

けれど、神鳴はとくに気にする様子はなかった。

ただ、澄んだ冬空を見上げるように顎を上げて、

「しょうがない、って便利な言葉だなァ」

そんなふうに言い、やや眩しそうに目を細めた。

確かに便利だ。俺の祖父母も、自分の娘や義理の息子が死んだ時、何度もそう言ってたよ。しょうがない、しょうがない。人生は時に、しょうがない祭りなんだろうな。

ゆるゆるした坂をふたりで上る。

片側の塀だけが影を作り、道は明暗がくっきりしている。

「そういやあの人、変なこと言ってたな？　死んでやる、のちょっと前に」

俺は言った。少しだけ先を歩いていた神鳴が振り返り、首を傾げる。なんの話？　という顔だ。

「おまえはひとりで死ぬんだわ、みたいな」

「ああ……言ってた」

「そんなの、ふつうだよな？」

人がひとりで死ぬのは、ふつうだ。

家族に囲まれて、手を取られて、みなが涙する中で見送られる……そんなケースもあるだろうし、それはいいことだし、そうありたいと多くの人が願うのはわかる。でもそのパターンが大多数ってわけでもないだろう。

「だってさ、俺たちがじいさんになる頃、高齢化すごいぞ？　結婚してない男女も増えてて、ということは高齢者のひとり暮らしも多いわけだろ？　そしたらまあ、ひとりで死ぬよなあ、ふつうに」

未来の話ではなく、今現在にしても……たとえば小春さんがそうだった。

ひとりの時に、階段から落ちて亡くなってしまった。もちろん残念で悲しいことだと思うけれど、「ひとり暮らしなんかしてたから」とは思いたくない。少なくとも俺はそうは思わない。小春さんはひとりで、しっかり、楽しそうに暮らしていた。さみしかったかもしれないが、だとしても他人から「ひとりだったから……」と同情されるのは、なにか違う気がする。

「……あれは、あの人の恐怖なんじゃないの」

神鳴が言った。

「僕に投げつけた言葉だけど、あの人自身が一番そう思ってるんじゃないの。ひとりでさみしく死にたくないって。書類上だけの夫は、愛人とその娘と暮らしてる。あの性格だから友達もいない。親類縁者にしても、みんな敵みたいなもんだ」

「……なるほど」

納得してしまった俺である。

「ろくでもない一族だけど、まあ、金があるだけマシかな」

マシ？　神鳴の言いたいことがよくわからなくて、俺は隣を歩く男を見る。頬の血色は、まだ完全に戻ったわけではない。青白い瞼がピクリと痙攣し、それをごまかすように、何度か瞬きをしながら神鳴は言った。

「親が金に困ってたら、捨てにくいでしょ」

「あ、そういう意味か……経済的弱者だと、やっぱり放っておけないとか思っちゃうのか……？　いやいや待て、おまえの場合は金持ちエリート一族だったからこそ、ああいう母親になったという可能性も……うーん……」

わからない。

当事者でも関係者でもない俺にわかるはずもない。ただ、ひとつ、

「比べる必要はないだろ」

それだけは言えるかなと思った。

「自分の不幸を誰かと比べるの、意味ないだろ。誰かよりマシとか、誰かより悲惨とか
……それで気持ちが楽になったりすんの？」

「……べつに楽にはならないね……」

「なら、あんま考えなくていいだろ」

「軽いなあ……ま、りっちゃんにはどこまでも他人事《ひとごと》か」

「そうだな」

俺はしっかりと頷いた。わかってて俺を連れてきた神鳴が悪いのである。

緩い坂はもうすぐ終わる。駅が少しずつ見えてくる。

規模は大きくないが小綺麗な駅だ。駅前広場にはクリスマスツリーが飾られていて、
早ければ今夜あたり撤去されるのだろう。

ふと耳を、知らない歌が訪れた。

どこから流れてくるのか……控えめなアコースティックギターの音色に乗る、低く掠れた男性ボーカルがわりと好みだ。クリスマスツリーがなんとか、と歌っている。

ちょっと立ち止まって耳を澄ます。

歌は雑踏に混じり、しかも英語だからところどころしか聴き取れない。

「りっちゃん。なにしてんの」

先に進んでいた神鳴の声がした。

トートバッグでカレーにゃパンが揺れ、俺を呼んでいる。帰ろうと言っている。

そうだな、帰ろう。むぎちゃが待ってる。

こうして一緒に帰っているのだから、俺は錨の役割を果たしたと言える。なかなかの荒波ではあったが、我々は生還したのだ。疲れた。昨晩もあまり寝ていないので、すでにクタクタだ。蔦屋敷に帰ろう。まだ自分の家という感覚はないし、これからもそうはならないかもしれないし、いつまでいるかもわからないけれど、とりあえずは住処《すみか》になっているあの場所へ帰ろう。もしかしたらギリギリで立っているのかもしれない、この黒縁眼鏡野郎を連れて帰るとしよう。

歌が遠ざかっていく。

少しだけ歌詞が聴き取れた。

私はただ、あなたのいる場所にいたい――たぶん、そんな感じだ。

年明け、アカリはほっぺちゃんを伴って家に戻った。

両親が飼うことを許してくれたそうだ。

俺たちはおおいに安堵した。アカリにならば、安心してほっぺちゃんを任せられる。あの賑やかな声が聞けなくなるのは、いささか寂し………嘘だ。

静寂よ、おかえりなさい。俺にオカメインコは荷が重すぎた。

今後のことについては、家族でよく話し合います……迎えに来た父親はそう言い、深々と頭を下げた。

アカリの滞在費にと封筒が差し出されたけれど、洋はそれを固辞し、手土産のクッキーだけを受け取った。モデルのバイト代はこっそり渡そうとしたようだが、アカリは「もらえるはずがない」と最初に笑い、最後はまた泣きそうになったらしく、洋もポチ袋をひっこめるしかなかったようだ。

一月下旬には洋の絵が完成した。

課題のテーマは『感情』。そして、俺の想像より遥かに大きなキャンバスに描かれた作品のタイトルは『これから飛ぶ』だ。

アカリが全体的に暗い色合いなのは当初のままだったが、違う点もあった。

当初、絵の中のアカリは完全に俯いていたわけだが……顔が上がっていた。

少し、である。いまだ顎を引き、俯き加減だが、目が見える。

絵の中から、こちらを見ている。

挑むような双眸《そうぼう》だった。瞳の色はほっぺちゃんのトサカと同じ鮮やかな黄色で、光を放ち、鑑賞者を圧倒してくる。

そしてほっぺちゃんは、少女の肩の上で大きく翼を広げていた。

今にも飛び立とうとしているかのようで……はばたきの音まで聞こえそうだ。

神鳴はつくづくと絵を眺め、洋の才能を絶賛した。

洋はいつものように、微笑むばかりだった。

近々、絵を見にアカリが遊びに来ることになっている。

きっとその日はおでんになる。

この作品は「文春文庫」のために書き下ろされたものです。

ＤＴＰ制作　エヴリ・シンク

文春文庫

猫《ねこ》とメガネ 2

ボーイミーツガールがややこしい

定価はカバーに表示してあります

2024年4月10日　第1刷

著　者　榎田《えだ》ユウリ
発行者　大沼貴之
発行所　株式会社　文藝春秋

東京都千代田区紀尾井町 3-23　〒102-8008
TEL 03・3265・1211㈹
文藝春秋ホームページ　http://www.bunshun.co.jp

落丁、乱丁本は、お手数ですが小社製作部宛お送り下さい。送料小社負担でお取替致します。

印刷・萩原印刷　製本・加藤製本

Printed in Japan
ISBN978-4-16-792198-9

（　）内は解説者。品切の節はご容赦下さい。

赤い砂
伊岡 瞬
男が電車に飛び込んだ。検分した鑑識係など3名も相次いで自殺する。刑事の永瀬が事件の真相を追う中、大手製薬会社に脅迫状が届いた。デビュー前に書かれていた、驚異の予言的小説。
い-107-2

白い闇の獣
伊岡 瞬
小6の少女を殺したのは、少年3人。だが少年法に守られ、「獣」は再び野に放たれた。4年後、犯人の一人が転落死する。少女の元担任・香織は転落現場に向かうが——。著者集大成！
い-107-3

葉桜の季節に君を想うということ
歌野晶午
元私立探偵・成瀬将虎は、同じフィットネスクラブに通う愛子から霊感商法の調査を依頼された。その意外な顚末とは？　あらゆる賞を総なめにした現代ミステリーの最高傑作。
う-20-1

ずっとあなたが好きでした
歌野晶午
バイト先の女子高生との淡い恋、美少女の転校生へのときめき、人生の夕暮れ時の穏やかな想い……。サプライズ・ミステリーの名手が綴る恋愛小説集は、一筋縄でいくはずがない!?（大矢博子）
う-20-3

十二人の死にたい子どもたち
冲方 丁
安楽死をするために集まった十二人の少年少女。全員一致で決を採り実行に移されるはずのところへ、謎の十三人目の死体が!?　彼らは推理と議論を重ねて実行を目指すが。（吉田伸子）
う-36-1

剣樹抄
冲方 丁
父を殺され天涯孤独の了助は、若き水戸光國と出会う。異能の子どもたちを集めた幕府の隠密組織に加わり、江戸に火を放つ闇の組織を追う！　傑作時代エンターテインメント。（佐野元彦）
う-36-2

猫とメガネ
蔦屋敷の不可解な遺言
榎田ユウリ
離婚寸前の会計士・幾ツ谷が流れ着いたのはシェアハウス〈蔦屋敷〉。離島育ちで純真な洋や毒舌イケメンの神鳴など風変わりな住人との共同生活が始まるが、相続を巡る騒動が勃発し!?
え-17-2

（　）内は解説者。品切の節はご容赦下さい。

大沢在昌
魔女の笑窪
闇のコンサルタントとして裏社会を生きる女・水原。男を一瞬で見抜くその能力は、誰にも言えない壮絶な経験から得た代償だった。美しいヒロインが、迫りくる過去と戦う。（青木千恵）
お-32-7

大沢在昌
極悪専用
やんちゃが少し過ぎた俺は、闇のフィクサーである祖父《じい》ちゃんの差し金でマンションの管理人見習いに。だがそこは悪人専用住居だった！　ノワール×コメディの怪作。（薩田博之）
お-32-9

奥田英朗
イン・ザ・プール
プール依存症、陰茎強直症、妄想癖など、様々な病気で悩む患者が病院を訪れるも、精神科医・伊良部の暴走治療ぶりに呆れるばかり。こいつは名医か、ヤブ医者か？　シリーズ第一作。
お-38-1

奥田英朗
空中ブランコ
跳べなくなったサーカスの空中ブランコ乗り、尖端恐怖症で刃物が怖いやくざ……。おかしな症状に悩める人々を、トンデモ精神科医・伊良部一郎が救います！　爆笑必至の直木賞受賞作。
お-38-2

奥田英朗
町長選挙
都下の離れ小島に赴任することになった、トンデモ精神科医の伊良部。住民の勢力を二分する町長選挙の真っ最中で、巻き込まれた伊良部は何とひきこもりに！　絶好調シリーズ第三弾。
お-38-3

恩田　陸
まひるの月を追いかけて
異母兄の恋人から兄の失踪を告げられた私は、彼女と共に兄を捜す旅に出る。次々と明らかになる事実は、真実なのか――。恩田ワールド全開のミステリー・ロードノベル。（佐野史郎）
お-42-1

恩田　陸
夜の底は柔らかな幻（上下）
国家権力の及ばぬ〈途鎖国〉。特殊能力を持つ在色者たちがこの地の山深く集う時、創造と破壊、歓喜と惨劇の幕が切って落とされる！　恩田ワールド全開のスペクタクル巨編。（大森　望）
お-42-4

（　）内は解説者。品切の節はご容赦下さい。

幸せになる百通りの方法
荻原　浩

自己啓発書を読み漁って空回る青年、オレオレ詐欺の片棒担ぎ、リストラを言い出せないベンチマン……今を懸命に生きる人々を描いたユーモラス&ビターな七つの短篇。（温水ゆかり）

お-56-3

ギブ・ミー・ア・チャンス
荻原　浩

漫才芸人を夢見てネタ作りと相方探しに励むフリーターを描く表題作ほか、何者かになろうと挑み続ける、不器用で諦めの悪い八人の短篇集。著者入魂の「あと描き」（イラスト）収録。

お-56-4

楽園の真下
荻原　浩

南海の孤島での連続自殺事件と、島に現れた巨大カマキリを結ぶ「鍵」とは？　荻原版「ジュラシック・パーク」ともいえる、ノンストップ・カマキリ・パニック・ホラー。

お-56-5

プリティが多すぎる
大崎　梢

文芸志望なのに少女ファッション誌に配属された南吉くんこと新見佳孝・26歳。くせ者揃いのスタッフや10代のモデル達のプロ精神に触れながら変わってゆくお仕事成長物語。（大矢博子）

お-58-2

スクープのたまご
大崎　梢

週刊誌編集部に異動になった信田日向子24歳。「絶対無理！」怯える気持ちを押し隠し、未解決の殺人事件にアイドルのスキャンダル写真等、日本の最前線をかけめぐる！（大矢博子）

お-58-3

密室蒐集家
大山誠一郎

消え失せた射殺犯、密室から落ちてきた死体、警察監視下で起きた二重殺人。密室の謎を解く名探偵・密室蒐集家。これぞ究極の密室ミステリ。本格ミステリ大賞受賞作。（千街晶之）

お-68-1

赤い博物館
大山誠一郎

警視庁付属犯罪資料館の美人館長・緋色冴子が部下の寺田聡と共に、過去の事件の遺留品や資料を元に難事件に挑む。超ハイレベルで予測不能なトリック駆使のミステリー！（飯城勇三）

お-68-2

（　）内は解説者。品切の節はご容赦下さい。

大島真寿美
渦
妹背山婦女庭訓 魂結び
浄瑠璃作者・近松半二の生涯に、虚と実が混ざりあい物語が生まれる様を、圧倒的熱量と義太夫の如き心地よい大阪弁で描く。史上初の直木賞&高校生直木賞W受賞作！（豊竹呂太夫）
お-73-2

尾崎世界観
祐介・字慰
クリープハイプ尾崎世界観、慟哭の初小説！　売れないバンドマンが恋をしたのはピンサロ嬢――。「尾崎祐介」が「尾崎世界観」になるまで。書下ろし短篇「字慰」を収録。（村田沙耶香）
お-76-1

垣根涼介
午前三時のルースター
旅行代理店勤務の長瀬は、得意先の社長に孫のベトナム行きの付き添いを依頼される。少年の本当の目的は失踪した父親を探すことだった。サントリーミステリー大賞受賞作。（川端裕人）
か-30-1

垣根涼介
ヒート アイランド
渋谷のストリートギャング雅《みやび》の頭《ヘッド》、アキとカオルは仲間が持ち帰った大金に驚愕する。少年たちと裏金強奪のプロフェッショナルたちの息詰まる攻防を描いた傑作ミステリー。
か-30-2

角田光代
ツリーハウス
じいさんが死んだ夏、孫の良嗣は自らのルーツを探るべく、祖父母が出会った満州へ旅に出る。昭和と平成の世相を背景に描く、一家三代のクロニクル。伊藤整文学賞受賞作。（野崎　歓）
か-32-9

角田光代
太陽と毒ぐも
大好きなのに、どうしても許せないことがある。不完全な恋人たちの、「ちょっと毒のある11のラブストーリー」。「角田光代の隠れた傑作」といわれる恋愛短篇集が新装版で登場。（芦沢　央）
か-32-17

文春文庫

猫とメガネ 2

ボーイミーツガールがややこしい

榎田ユウリ

文藝春秋